斑馬線出版
Zebra crossing Publis

原泉滾滾

臺師大噴泉詩社
50周年詩選

康書恩、曾映泰——主編
顧蕙倩、許碧華——策劃

目錄

一九六一年～一九七〇年

一九七一年～一九八〇年

肆、匯流噴泉

壹、初湧噴泉

詩如活泉

康書恩（噴泉詩社第48屆社長、第49屆顧問長）

與許是魂靈騷動之故，我常兀自走踏，看城市的面孔漸次衰老；或立於師大校門前，端詳這汩汩流湧、卻還未凝集迸發的噴泉，將心事濡染此身，再擰出一片孤單的心願。衰老也好，不能集結也罷；生活時有劣質之貌，如詩，善於憂患和悲劇的品類，喟嘆生命的諸多懊悔，發出溘溘之響。

然詩是偌大的載體，除擔負苦楚的哲學，亦可容受理想和熱情。而寫作雖為個別之事，若可集結他人共讀共賞，或能從中增廣見識，或能從中發掘奇趣，不免也為一大樂事。噴泉詩社即為這「美學漫遊」的所在。正式創社至今已五十載，多少浪子，甘心化作圓潤細碎的水珠，於超現實的想像中漂泊，只願以詩為神，尋索靈動的流向。或許我早已注定成為眾多水珠中的一粒了。即使我擁抱缺憾、未能如同他者顯露琉璃光彩；詩和詩社也給了我去向：神諭般迷幻卻精準的他方。

回首身在噴泉數不清的日子，那個「最初之我」猶然清晰，可見我在詩中，萬幸的留下了本真。我也深刻的記得，詩是如何令我的魂靈沸燙，像生了場不再渴慕康復的病，激情的享受發燒：接任噴泉第四十八屆社長，而後舉辦多場讀詩例會、社課講座、詩展、詩歌朗誦研習，創刊現代詩報《詩生活》，並強化與各大學校園詩社之聯繫，彼此互助、推廣、觀摩學習，甚至和多所大學校園詩社籌組聯合詩刊《煉詩刊》……新世紀的熱病，其癮徵不僅擄獲了我，似也擄獲了全世界，要令眾人心中詩情的水霧一同發酵。

談起校園詩社連結，這大概是我擔任噴泉社長期間，感到甚不可思議的一件事了。資金及人力短缺，或許是自有「詩社」建立以來，極普遍頭疼的情形：辦理活動和集結社員創作，皆需要經費和人力支援；無奈詩社所或缺的，蓋屬此二者為最。桎梏如此，何能突破？困惑著相同的致命的事，又不考量縮減太多活動和紙本刊物篇幅的情形下，「連結」便成為了詩社間可努力嘗試的共識。《煉詩刊》正是在此機緣下應運而生的。「合體」能成大事，亦能觸及更多群眾；加以網路世代下資訊傳播的迅速與普及，詩的界域擴張，不再侷限個人或特定群體，使得詩的創作和品鑑幾乎可以包含大眾。如今在詩的共和國裡，每一公民每顆純正的詩心，都是晶亮的水滴，都有匯流成泉的可能。

不過當代的特徵，儼然也形成了某種危機。快速、便捷的生活情態，反倒令「留心」成為稀奇可貴之事；可想而知，精粹式的品讀和書寫有多麼不易了。一群人，要因習詩凝聚為社，又更不易。而噴泉，能夠在更迭劇烈的時代下，引領成員習詩達五十載之久；半百的年華裡，形貌有所轉化，精神卻始終如一，是最為不易的了。

此時，有幸藉噴泉五十周年社慶，聚合了一些人，規畫、完成了一些事。應蕙倩學姊、碧華學姊、以及學弟妹們之請，我也接下這部回顧刊物的主編之職，並徵得各先進們的協助，廣邀可聯繫上的噴泉社員、社友、指導老師，提供今昔詩作或回顧感想，替詩社美麗的年歲增輝。刊物共分四輯，其中第三輯「詩選」部分，由於作者兼有社員、社友及指導老師，故以出生年作編排，每十年為一界分，希望連結歷史及社會，刻畫各時代之風貌，使其臉廓更加鮮明。

感謝前輩們的鼓勵，感謝學弟妹們的支持，感謝文訊和斑馬線文庫的大力協助，方能成就此書以及完滿社慶。願噴泉生生不息，擁抱更多個十年。此刻，我彷彿看見，光潔的晴空下，眾人化作七彩水珠，隨詩之指引而飛升、而匯集，迸發為藝術的活泉，洗淨了蕪雜及苦悲……

二〇一七年九月二十日寫於泰順街租屋處

貳、洄游噴泉

噴泉老水

李豐楙（筆名李弦，噴泉詩社第1屆社員）

民國五十四年師大國文系進來了一批新鮮人，這些文學青年雖來自四面八方，沒多久就發現有一個共同的興趣：耍弄文筆。其中年紀最大的是退伍老兵秦嶽（貴修），因為比較年長，且已有社團經驗，就帶動了同班及校內同學一起籌組詩社：同班的凡有林秀燕、古添洪、黃癸楠及李弦（豐楙）；而英文系陳慧樺（鵬翔）、美術系藍影（建廷）等，也都惠然肯來。校內課外活動雖有文藝社，大家也會參加，但組詩社的意義卻不一樣：既能因應臺北詩壇的文學氣氛，也可以和其他大學的詩社交誼，如文化大學的華崗詩社。大學詩社不像「創世紀」、「藍星」等，強調文學主張的一致性，而較重以文會友的創作活動。當時臺北的大詩社、詩刊均已沒落，唯街頭奇景的周夢蝶詩攤猶在明星咖啡屋前。詩壇後生既不畏一切，當時政治氛圍雖則嚴峻，在校內只要和課外活動組溝通，仍可召兵湊齊人數籌組社團，通過時間正是民國五十六年，到今年（一〇六年）剛好正滿五十年。

詩社成立後的第一目標：出詩刊？窮學生的辦法就是大家湊錢、出力，《噴泉》詩刊創刊號就是這樣出爐的。當初取名「噴泉」，既因紅樓前圓環有此一景，也謙喻只是滴水成泉而期待將來的巨流。創刊號所訂的黃道吉日：民國五十七年一月一日，指導老師當然搬請「藍星」名星：余光中先生，秦貴修當社長、美編則靠梁建廷，我們這一小群都在噴泉中匯成一股湧泉。社長就代表大家寫了〈創刊的話〉，其中有些話現在不容易體會，當時卻有諸多真實感受：如強調不躭心「蔑視的眼光」、不畏懼「冷冷的譏嘲」，就曲達了中文系未能正視新詩、現代詩；而關鍵句的「難懂、費解」，乃至不標榜主義、不依附流派，則是反映當時詩壇的困境：「創世紀」提倡的現代主義、「笠」刊登的圖像詩……，都曾被文學界所批評。當此之際，噴泉湧現的涓涓細流，既實踐於早期的詩刊中，也在畢業後持續噴湧，如成立「大地」詩社，和「龍族」、「主流」等彼此呼應，印證了大學詩社就是搖籃的作用。

在大學詩社的文化生態中，與噴泉相前後的詩社、詩刊也不少，為什麼只有噴泉竟然延續了五十年？縱使其間頓挫起伏，仍能持續迄今。期間和噴泉結緣的，後來離開校園後也續有發展，既有詩壇長青樹如陳黎，也有從社會到學院持續播種如陳義芝；最關鍵的則將新詩從大學帶入中學。在文學素養的培育中，新詩詮釋的方式愈來愈多樣化，從文本細讀到音聲朗誦，都能曲盡現代詩之美。記得林秀燕在新竹高中期間，從課內到課外，既詮釋新詩也帶動朗誦，如此播下種子而引發學子的興趣，在政大曾有學生提起：他對新詩有興趣閱讀、創作，就是在竹中被林老師啟發的，這樣的例證比比皆是。此即噴泉詩杜的創社目標，既對彼此的創作形成激盪效應，也將新詩的愛好帶入中學、大學及社會。五十年，整整半個世紀，今天文學世界早已被改變：中小學有朗誦詩比賽、臺北捷運上貼掛新詩獎作品，絕不會出現蔑視的眼光！這就表示臺灣的師範教育不「保守」，文學和社會也非斷裂。相信噴泉還會連噴五十年，這樣的精神從創社持續至今，願大家共同禱祝：噴泉精神永在。

詩聲琅琅的歲月

潘麗珠（噴泉詩社第30～41屆指導老師）

祝賀！國立臺灣師範大學噴泉詩社，今年堂堂進入鑽石級的五十周年！

與噴泉詩社是怎樣的因緣呢？

由於恩師邱燮友與楊昌年兩位教授的引導、教誨，一九八九年回到母系（國文學系）取得博士學位任教之後，有機會教授本系的「新文藝及習作㈠㈡」，上學期教㈠散文，下學期教㈡新詩。教散文時有諸多體驗活動，例如校園巡禮、抱樹踩地、聽音繪圖等等；教新詩時，則融入詩歌朗誦，而當時的詩朗聲情表現方式仍在探索階段，卻也玩得開心。

某個麗日青天，噴泉詩社的學生在下課後找我商量擔任噴泉朗誦組的指導老師，雖然當時已經指導了南廬吟社和國劇研究社，但細細一想：既然自己可以義務擔任臺北市建國中學紅樓詩社復社後的指導老師三年，有什麼理由拒絕所服務的學校社團（又是指導教授邱老師至為關心的社團）厚彼薄此呢？

自此，開啟了十一年的噴泉詩社的指導朗誦歲月。還記得那是一九九七年的春夏之交，指導任務是從秋天開始。

指導老師的任務，最重要的是安排朗誦組的課程，透過課程引領，讓學生了解朗誦的意義、功能、技巧，以及帶領實踐操作，指導詩歌朗誦。實踐操作可以幫助學生應用技巧，了解聲情與文情之間如何扣合，同時也為學期末「詩的聲光發表會」（後來改稱「詩的N度空間」）暖身。尤其彼時救國團的全國大專院校暨高中高職詩歌朗誦比賽方興未艾，在社團運作經費相對缺乏之際，如果能夠得獎，豐厚的獎金將為社團運作帶來雲霓，並非僥倖，臺灣師大噴泉詩社曾經連續兩年拿過全國大專組亞軍！

課程安排始終是一個難題。

沒有取得學分的壓力，社團可以自由來去，想要吸引學生「心甘情願」晚上排除約會、家教、休閒娛樂，前來上課，課程啊課程，你的魅力在哪裡？

於是，一首詩可以有幾種朗誦方式？詩歌的聲音遊戲，詩的聲音可以這樣「演」，你來朗誦我來歌，詩的遊藝會，詩被聲音撞出美、詩情與聲情的邂逅……想方設法挖空心思，在課程標題上大做文章，就是要引動學生來參加課程、一齊朗誦，了解詩歌的美好！

學期末的朗誦展演「詩的聲光發表會（詩的N度空間）」更是大挑戰：選詩、徵人（社員不夠）、朗誦設計（或老師設計，或教導學生自行設計修正）、排練（週末常加班）、籌款（學生社費、學校補助、老師贊助、向師大附近商家拉廣告）、場地（檔期避開期末考與評鑑、大小合乎可能出席晚會的人數）、音響（外租或找同學幫忙）、服裝道具，許多細節學生會自動自發處理，但是學生需要關心、需要叮嚀、需要打氣、需要總提調、需要穩定軍心，是指導老師的責任。

甜美的成果來自於學生們的努力，甜美的滋味使得一切辛苦都稱值得！

因為如此這般的與學生相濡以沫、同甘共苦，在指導噴泉詩社朗誦組期間，激發了許多關於詩歌朗誦的理則和教學問題的思考與探索，而有了《現代詩學》與《臺灣現代詩教學研究》兩本學術專著的面世，前者頗長一段時間被誠品書店置放在現代詩專區的顯著位置，後者成為筆者一九九九年教授升等的重要著作。

帶領噴泉詩社朗誦組，發現高亢激昂的聲情或許令人震撼卻不易引發共鳴，而純粹的以聲音表現詩情不容易讓觀賞者始終專注，因此，聲情派——以聲音為表現重點，表演派——舞臺走位和肢體動作熱鬧活潑，舞蹈派——注重肢體伸展包括表情眼神的美感，戲劇派——運用角色扮演述說詩情，一一嘗試、輪番上陣，加上音響效果，詩的聲光發表會就是一場美麗的詩歌饗宴。

同時，也因為團體朗誦要求聲音變化的需要，獨誦、合誦（齊誦）、輪誦、複誦、疊誦、襯誦（滾誦）等團朗技巧，也逐漸摸索出理路與規範。這，也算是無心插柳而柳綠成蔭了。

然後，一個緊要的問題：什麼樣的詩都適合朗誦嗎？

甲學生說，如果手上沒有詩稿，一些文字意義稠密、句法跳盪的詩不容易被聽懂吧？乙學生說，可就是很愛啊，朗誦者不就是應該把所喜愛的詩讓人聽懂嗎？丙學生說：視覺詩很難朗誦吧？

這些疑問句，聰明的讀者，你，或許也可以把它們改成肯定句。不過，關鍵仍然在於：詩的朗誦如何處理！不容易被聽懂，並非不能夠被聽懂；很難朗誦，並非不能朗誦；確實，優秀的朗誦者有責任將好的詩歌作品與人分享！只是，怎麼處理、設計朗誦的問題，而問題絕對不是無解。也就是說，對朗誦者而言，基本上，任何詩作應該都可以被朗誦。然而儘管如此，筆者絕不會搬磚頭砸自己的腳，挑選意義稠密、句法跳盪的詩或視覺詩來公開朗誦，私底下玩一玩倒是隨心所欲沒關係。

今年七月八日，是溫世仁文教基金會一〇六年度全國中小學生作文大賽的頒獎典禮，基金會邀請臺灣師範大學國文系詩詞吟誦系隊前去共襄盛舉，並希望筆者能夠為得獎的學生寫一首詩，透過朗誦勉勵他們。那麼，為了得獎的國小、國中、高中高職的學生及所有與會嘉賓都能聽懂，筆者寫了以下這一首「朗誦詩」，也為噴泉五十週年誌慶：

你來，圓夢與築夢

人生有夢就是美
夢想完成足以震動乾坤

你來
築夢為紙
圓夢成冊
功夫作筆

堅持當墨
筆墨鉤藍圖，白日耀青天
築夢踏實，一步一腳印踏往夢想園地
無論是作家、舞者、法官、音樂製作人

你來
與時間比耐力
跟挫敗鬥志氣
走過幽寂的丘谷
在狂風暴雨中前行
逆境淬礪心志
艱困磨練膽識
你來
雲破月來花弄影

萬水千山總是春
築夢的風景裡有你

於是你，在這裡
與許多築夢踏實的朋友
同聲相契
吟嘯天地
看暴雷迅雨嚴霜巨雪冰稜都是美麗
你，終成為圓夢的巨人

成立校園詩社之癮頭病例圖

顧蕙倩
（噴泉詩社第19屆創作組組長）

開始寫詩是高中的事，真正愛上詩，是認識大三直屬學姊羅任玲之後。

家住臺北，騎車上學，下課就和同學說再見，身為大學的新鮮人一直和班上同學異常疏離。跑社團、逛影廬成為我的夜晚活動，但不曾想要走進「噴泉詩社」。某日，羅任玲學姊約我在美術系館看展覽，我們似乎也是從此時開始了「詩」的話題。當時她已經寫了不少的詩作，也得了學校文學大獎，而我，對詩的認識，還停留在席慕容的〈七里香〉與余光中的〈鄉愁四韻〉，創作詩的動機，也只是因為：超過四個人物的小說會頭昏。

喜歡詩斷句的簡潔與意象畫面的呈現，那是之後的事了。

任玲學姊開啟了我對現代詩的認識，開始參加文藝營寫些小詩，排隊數小時買「金馬獎國際影展」票也樂此不疲，看些藝術電影自我陶醉，「寫詩」更是讓我的翹課天天充滿樂趣。

某日，我走進噴泉詩社參加例會；某日，被偶像李星露學姊徵召參加

「七七抗戰紀念日朗誦活動」（名稱不確定）練習朗誦；某日，我參加了救國團主辦的「復興文藝營」，加入詩人許悔之創立的跨校詩社：地平線詩社；某日，我和另一位國文系甲班才女鄭如娟成了第十九屆噴泉詩社的創作組組長，那在綜合大樓四樓角落的陽光開始有了家的感覺。

每週一次的詩聚會也是社員、社友們的精神依歸，有時會邀請校外名詩人擔任主講人，由我們這兩位組長輪流擔任詩聚會的引言人。需要閱讀的作品皆會先影印講義以供社員閱讀，當日，個人針對討論主題或意象使用分享心得時，彼此交會的光芒，每每讓人驚喜不已。

當時長廊盡頭的社辦是和「家教社」一起使用的，遇到詩社例會時，我們依然彼此共有這方小小宇宙，所以詩社的創作組例會一直不在意參加人數，當創作組組長期間，一直過著心滿意足的時光。因著籌辦例會活動，也多了以詩會友的機會，卸任前，也因著指導老師羅青教授的慨然賜與墨寶，書寫封面、甚至每一篇的詩名與詩人名，如娟與我順利完成了第十七期的噴泉詩刊。

如今回想這些光影般交織的美麗畫面，背後都有一個不大不小的長桌、一扇鄰街的窗，以及一方星月輝映的角落，這是生命的詩境，也是譜就人生經驗的五線譜，來自門口如風鈴般懸著的「噴泉詩社」。

自師大畢了業，碩博士論文研究的依然是「詩」，連進入校園當起老師，對於校園裡是否有學生成立詩社這件事，依然非常關心。我想，我是罹患「成立校園詩社之癮頭病」了。這個發病的成因，就是「噴泉詩社」，至今還沒有治癒的念頭。

師大附中，這片藍天其實挺適合孕育詩人，一人閒步行走或倚牆思考都有相應的時空舞臺召喚你，只是青春的歲月太喧囂，也太渴望被看見，雖然校方每年都會辦理「班際詩歌朗誦比賽」，初任教期間的校園並沒有詩社（後來才知早期是有詩社的）。直到一九九九年九月由崔沁老師號召成立「嚎好玩詩社」，開啟了師大附中詩社新紀元。二〇〇八年「嚎好玩詩社」結束。我的校園詩社隱疾依舊，便號召語資班同學傳承詩歌薪火。

這間名為「薪飛詩社」的旅店創立於二〇一〇年，由一群語資班同學將已歇業的「嚎好玩詩社」重新開張營業，堅持這片藍天下不能沒有詩人來傳承薪火，並取名「薪飛詩社」。年輕詩人們秉持著「嚎好玩詩社」之創立精神，認為「詩」不該脫離大眾社會的事物，相反地，無論是寫詩或朗誦都能是很好玩的活動。所以成立之際，社長林亞辰及社員們即大力推動「全國高中生新詩即席創作比賽」在附中舉辦，以募款的微薄經費，將寫詩的熱情火炬照亮年輕詩人們流浪的心靈，並將得獎及優秀參賽作品集結成詩集，以饗更多愛詩的讀者。之後歷任社長繼續秉持詩社精神，籌辦「全國高中職薪飛詩樂節」，帶動詩歌創作與研究的風潮。

有時吳承和老師和我會帶領著詩人們參觀各項展覽，有時也會將詩聚會的地點從校園改至校外的咖啡空間，感受論詩談藝的場所也不妨飄些淡淡的文青咖啡香。讓詩的意象無處不在，詩人便能夠觸類旁通，無處不是詩的靈感。

位於舊北樓二樓的社辦前也是一條長長的走廊，每週一次的固定聚會，詩人們不時倚著廊沿聊起日前讀到的詩，不時坐在窗前欣賞偌大操場的芸芸眾生。雖然詩社成員不多，但每次聚會時間總是聊到校園路燈紛紛亮起還意猶未盡，多像鄭愁予說的：「是誰傳下這詩人的行業，黃昏裡掛起一盞燈。」

師大噴泉詩社來到師大附中開起這家詩的分店，倒成了一間熱鬧的野店，客官們卻依然有著安靜又躁動的靈魂！看著「薪飛詩社」的詩人們依著一句又一句的詩窺探青春騷動之心，我想我的「**成立校園詩社之癮頭病**」是暫時不會好的！

噴泉雙十

許碧華（噴泉詩社第19屆副社長、第20屆社長）

之一　噴泉情緣

我是噴泉第20屆社長。那年，我二十歲，國文系三年級。巧遇噴泉20屆。

奇妙的二十，在我二十歲這年，埋下了什麼種籽？在三十年後，又一一串起五十年的噴泉情緣。

民國七十七年畢業後進入教學，大學時期的這些人、那些事，都被擺在一旁。忙碌的教學工作使我無暇回顧，再也抽不出時間像從前一樣「窩」在社辦，一個人獨享噴泉的空間、翻閱噴泉的資料；也少有喘息時刻，回味在師大路上悠悠晃晃的時光。

曾經回到社辦翻閱留言本，參加過一兩次例會與朗誦研習營，在綜合大樓、文學院大樓與學弟妹交流：談詩、談朗誦，但這些都已日漸模糊。當年的時空，沒有隨手可拍照的3C，我也不習慣留下卡片、講義等等；即使留下，不善管理資料的我也不知置於何方。該留下的就會留下，該記得的就會記得，讓歲月替我儲存，如是想。

匆匆呀。再回頭時，我已五十。噴泉，也是五十。

驚覺，畢業之後，完全沒問候過邱燮友老師、楊昌年老師！還有很多值得尊敬的師長，沒來得及表達感謝之意時，他們卻已離世，徒留遺憾。大學一別之後，當年結識的社團夥伴也都各奔前程，無緣相遇。我實在過於疏懶，再如此不經意、不把握，諸多人與事，將永遠分散、支離不全。

雖說緣聚緣散有定數，可以拋卻個人的記憶，但不該拋棄滋養我們、凝聚我們的噴泉詩社。

噴泉人的噴泉，是許許多多的小水滴，不斷地延續至今。

二十歲的我不知道尋找噴泉的源頭，五十歲的我在因緣際會中找到了！

一〇四年七月因參加李豐楙教授的榮退研討會，臨危授命要朗誦豐楙老師的作品，才發現豐楙老師就是噴泉詩社發起人之一！興奮地與老師相認之後，大膽的提出要辦噴泉50週年活動，老師毫不猶豫即刻答應並全力支持，讓我燃起火苗。

確實，一個大學詩社能走過五十年非常不容易，這一棒一棒的接續與傳承，定有其特殊之處。雖然，我實際參與噴泉只有四年，對於前前後後的歷史並不了解，但只要一屆屆的找，一定可以串起完整的篇章。

正愁找不到現任噴泉社長的我，果然不久之後，在龍泉路上遇到了顧蕙倩學姊，她最近與現任社長討論新詩創作事宜，天助我也！噴泉人的情感完全跟當年一樣，學姊溫暖的笑容、和煦的語調給我強大的支持！我們一起坐在老店當歸鴨冬粉的攤子上吃當歸鴨，說起50週年可以做的事。蕙倩學姊聯絡第50屆社長曾映泰，在一〇五年十一月三十日召開了第一次籌備會。籌備小組於焉產生：第1屆的豐楙老師、第19屆的蕙倩學姊、第20屆的我、第50屆的映泰與當屆社員，以及曾任指導老師潘麗珠老師共同組成初期的籌備小組。之後陸續加入：第10屆社長楊桀烺、楊基典學長、第19屆鄭如娟學姊、第21屆陳麗明社長、第48屆社長康書恩，至現任第51屆社長李昶誠。

當然，共襄盛舉的人愈多愈好，施筱雲學姊、蕭和達學長、白繼尚學長、李念祖學長都一一現身，果然都是人中龍鳳，氣宇不凡，讓我敬佩。還有帶我進噴泉的第18屆社長李星露學姊也都因此連結而再度在line上相會。這些曾經為噴泉付出的詩人、朗誦者們都是噴泉詩社舞台上的的主角。還有許多未曾謀面的學長姐、年輕優秀的學弟妹，只聞其名未見其人，不能說失之交臂，因為時空不同，當時無緣相識，希望此番憑藉著噴泉基因，期待噴泉50相認、合體，找回更多失聯的噴泉人，讓大大小小水滴匯聚洶湧的噴泉！

還好因為是噴泉創作的與朗誦的是現代詩，因此噴泉人擁有卓越的能量與想像力，否則，噴泉50是辦不起來的！以上籌備人員，從未到齊開會過，我們總是透過 line 聯絡，發訊息，公布紀錄，還有募款，甚至練習朗誦。我們利用現代的社群媒體，創造另類的活動集結。

大學四年，是年少輕狂、意氣風發的時代，每個人記憶的與在意的都不一樣，或輕或重、或濃或淡，但一定會留下持續的永恆的印記。噴泉就是我的二十歲印記。

之二　朗誦點滴

我的朗誦經驗從國中開始，可能與噴泉有關，或許無關，一直沒想過。如果指導老師是從噴泉出來的，就是血脈純正；如果聽過噴泉朗誦，算是近親；如果是受到當時文藝風氣影響，是時代造就。

六〇年代，各國中小都有詩歌朗誦比賽或表演，拿著詩稿高聲朗誦詩歌就是了。國中時期的我，完全照著國文老師薛錦英老師的指導，一句句念，一群國中女生就這麼大聲高調地唸，比賽、得獎。當時懵懵懂懂，已完全忘記朗誦的內容、也忘記是怎麼唸詩的。

到了高中，因著校內比賽，當時高一高二各班都要詩歌朗誦比賽。比賽前，便和幾位同學一起選詩、研究詩稿、編誦、帶誦，忙得不可開交。同時常向成功高中的哥哥們請益，請他們給予意見，這時才如醍醐灌頂，開始觸摸聲音的種種可能，如今看來，我的朗誦情緣得從成功高中找源頭。

朗誦詩歌是千變萬化的龍、鳳，或者是雲、或者是風。可重可輕、可剛可柔、可大可小、可優雅可狂傲……隨君詮釋，只要能引起共鳴，那怕只是深情的獨誦，都可以感動人心。詩歌朗誦，唯有面對一群人、一首詩的表演或比賽，詩與聲音的交會才能開始。相同的詩在不同的朗誦者、不同的編誦者，會有不一樣的處理方式。到了噴泉，體會更多。

大一時，李星露學姊像將軍般指揮、分派練習，帶著朗誦隊參加大專盃詩歌朗誦比賽。我盡力扮演好自己的角色，只喜歡聽學長學姊們清朗的聲音在空中迴盪，享受著美好男聲、女聲、獨誦、團誦、複誦、疊誦的交織，並不在意比賽成績好壞。印象最深刻的是，星露學姊告訴我一個比賽經驗：之前參加大專詩歌朗誦比賽，代表師大參賽的噴泉詩歌朗誦隊以〈賣火柴的小女孩〉為題創作編誦。比賽當天，台下許多人聽到師大朗誦隊的朗誦落淚；但，當時評審委員之一行政院文化建設委員會主任委員陳奇祿先生講評便說：「台灣社會安定、富裕，不會有賣活柴這樣悲慘的女孩！」濃濃的政治意識形態觀點，讓當年的師大朗誦隊與冠軍絕緣，即使當時所有的台下聽眾都被噴泉感動，卻無力打動評審。

自此，噴泉詩社在朗誦題材上開始尋找不一樣的風格，不再為比賽而選詩，不再念從來沒去過的〈我在長城上〉，而選洛夫的〈愛的辯證〉讓評審跌破眼鏡。我開始理解朗誦者與感情緊密結合比賽得獎還重要，評審的組合與眼光是得名與否的關鍵，而不是上場比賽表現的好壞。這體悟讓我在日後帶隊比賽，面對激烈較勁的大小比賽能放下得失心，欣賞學生們在比賽時表現出優於平時的表現為樂。

當了社長之後，責任是重了些，因有之前學長學姊的教導，我便無懼地往前，穿梭於師大校園、綜合大樓、課外活動組，主持迎新晚會、詩的聲光（白靈老師籌劃）；大三大四連續兩年擔任僑委會「僑光詩歌朗誦隊」的指導老師、北一女極光詩社指導老師、應邀至介壽國中指導詩歌朗誦隊；當了老師之後，帶板橋高中「藍聆詩社」南征北討、詩歌節表演、成果發表會……這些我從來不提，能幫得上忙就做，看到所指導的學生從不懂詩到愛詩，這就足夠了。

七〇年到八〇年代，詩歌朗誦比賽是盛事。為了比賽，指導老師們煞費苦心，希望出奇致勝，參賽隊伍無不卯足全力，希望贏得錦標。詩歌朗誦可以添加很多音樂、舞蹈、道具、背景佈置等元素，因此，比賽盛會一到，就可以看到各校五花八門，招式盡出，令人目不暇給。但多年比賽經驗也發現，有些指導老師（當然，這老師都不是噴泉詩社出來的喔！）不善掌握聲音音調的情意表現，沒有好的聲情與節奏，誇張的語調、薄弱的感覺、呆滯的表情即便有華麗的佈景、豐富的道具，不能展現詩歌的內涵，一切都是徒勞。因此，讓許多指導老師沮喪，前功盡棄，熱情不再。

近年，詩歌朗誦比賽日漸沒落，除了準備比賽會耗盡指導老師、學生心力之外，最大的原因是公部門不再挹注經費舉辦比賽。文建會、救國團、各縣市、民間組織都曾主辦過詩歌朗誦比賽，但在一九九九年九二一大地震之後，舉國哀悼的氣氛下，所有文藝娛樂活動暫停，之後，詩歌朗誦比賽就欲振乏力，僅剩新北市、台北市還繼續有國中小、高中組個人、團體賽，然新北市也在數年前停辦，目前據我所知僅剩台北市還年年舉辦，只是參賽隊伍日漸減少，正面臨停辦危機。

然而，國際詩歌節、台北詩歌節還是有詩歌朗誦的。只要，有詩，怎麼會沒有朗誦呢？

只要有噴泉，朗誦會不斷傳誦下去的。

二〇一七年九月七日

噴灑青春，泉湧詩心

蕭秋蕙（噴泉詩社第23屆社長）

之一　來不及追上的「夸父追日」

小大一時的我，因為過往國語文比賽的經驗，在選擇社團時便鍾情於噴泉，那時受到碧華、麗明、茂霖……諸位學長姐照顧，在朗誦和創作的領域探索嬉戲，有時「等你，在雨中」，有時享受美麗的「錯誤」，有時「我在長城上」望見美麗的「樓蘭新娘」。基典學長和棨烺學長則是神人等級般有時下凡來上課，小小水滴對滔滔江河，自是無比景仰。

之二　「兩岸」的「詩的N度空間」

漸漸地，創作及朗誦兩組的例會成為生活的重心，而讀詩寫詩的人口寡，每回例會前，總要努力呼朋引伴，才能圍住小小社辦的小小桌邊。即便如此，小水滴也能泉湧，把兩岸一詩盛大唸完。印象中，在宿舍地下室洗手檯前，大家對鏡而練，時因有人無法出席排練，得一人分飾多角。獨誦要撐，團誦要跟，難免昏頭出狀況，然而仍能優遊在詩意與詩音之間，每回練習結束都是滿心愉悅。

「詩的N度空間」，則是對大家創意與解詩能力的高度考驗，整晚的節目有聲、光、歌、舞、劇、影像，多角度呈現。人，忙壞了；詩，立體了；心，充實了。

之三　薪傳不熄的「仲尼弟子列傳」

傳承是詩社大事，升上大三，我擔下學長姐交付的重任，最怕薪火在自己手上熄去。感謝學長姐鋪好的路——例會、大專盃、N度空間發表會，行事曆已然架構完善，我的挑戰是如何帶領眾水滴完成活動。為了充實社上經費，以有限的人力辦了書展；為了凝聚向心力，製作一件屬於噴泉的社服，白底T恤，上書藍字——「水滴組曲」；遠赴花蓮參加大專盃，幸能不辱社風，獲得佳績，還有機會親見詩人陳黎，蒙他惠賜《小丑與畢費的戀歌》簽名書，成了我每回上〈聲音鐘〉一文時說嘴的有力證據。更讓我們意外的，獲金鐘獎頒獎典禮製作單位邀請，擔綱朗誦曉風女士詩作的表演節目，只可惜當時顧著緊張，沒想到留下影音紀錄。

之四　水滴化為彩虹

噴泉帶給我多采多姿的大學生活，讓我成長歷練，賦予我在國語文教學的刷子。謝謝所有老師，以及大小水滴的帶領、陪伴、相助，讓我生命中有了最美的一道虹。

噴泉與我——為師大噴泉詩社50年而作

張輝誠（噴泉詩社第28屆創作股股長，第39∫40屆指導老師）

那彷佛很遙遠了。

我是師大國文系八五級。

八五級，師大人都懂，那是一種特殊紀錄方式，意思是民國八十五年畢業。

換言之，我是民國八十一年入學，當時我是憑著資賦優異保送師大國文系，名義上稱為資優，實際上一點都沒有，只因為我比較幸運通過了一關又一關的特殊考試，從母校虎尾高中開始的篩選考試、接著再到中區彰師大篩選筆試，最後再到台北臺灣師大和全台一群對中文領域有特殊興趣和傾向的高中生進行七天的研習和各式特殊考試，僥倖脫穎而出，保送師大。我頂著資優生頭銜，卻沒有任何資優，很讓我苦惱，當時為了滿足同學對我這個名實不符的頭銜的期待，我花了四年認真苦讀。

當時，我只不過是一個再平凡不過的鄉下高中生，連社團都沒參加過，沒有任何才藝，也不敢隨便參加甚麼太特殊的社團，覺得社團好像就是已經很厲害的人才能去參加，例如吉他社、武術社、國樂社或書法社，偏偏這些才是我深感興趣的社團，我連試一下，報名的勇氣都沒有。

我參加過的社團，都和國文系的專業有點相關，一方面可能和我怯弱的個性有關，我不太敢去認識陌生的同學，另一方面可能和系上的學長姐引介有關。同寢的學長大多是南廬吟社，那是古典詩歌吟唱和創作的社團，可想而知，這種冷門社團，絕大多數都是國文系的學生，人數不會太多。後來同寢學長蔡澤與當上社長（還是下一屆的社長的緣故），我忽然變成創作組組長，主持每周例行的創作例會。

我當時對寫作古典詩興致並不高，可能也沒有寫得多好，只是每一年為了國文系舉辦的長干文學獎裡頭的古典詩詞比賽獎金，才偶爾寫上幾首，去獵取獎金，好請室友吃燈籠滷味和鹽酥雞。當時系裡平日會寫點古典詩的，我知道的只有王本銘學長，他是我上一屆的資優生，新竹中學數理資優班的學生，隨便考一下資優生考試，就考上師大國文，直接轉到文組來了，系上師生津津樂道，當時他是我羨慕的對象，他比較像是貨真價實的資優生。

當時，資優生和一般生不同之處只在於，每學期都有一萬元獎學金，還有一位指導教授專司指導學術研究，絕大部分的資優生都選「現代文學組」，我莫名其妙反骨，刻意選擇與眾不同的的「經學組」，於是我跟著研究《左傳》的劉正浩老師一起讀了四年的經學。

劉老師的研究路數是古文經路數，重視資料的考證與編排，我當時心性野，很快就知道這條路並不適合我，因為我在學術研究之途，很快就產生了無力感。還沒遇到延續今文經傳統的毓老師，我其實不太懂這裡頭究竟發生了甚麼事，但是我是真真切切地感受到，所謂經學研究，我感受不到其中活潑的生命力。——我是很後來才在毓老師那裡感受到經學源源不絕的生命力。

我在一種矛盾的狀態下，持續在師大國文系讀書，一方面我格格不入，不想和他人雷同，卻在專注的領域中感受不到活力，甚至覺得迷惘；一方面我頂著資優生，卻是名實不符的假資優生；另一方面我想與眾不同，但因為個性怯弱，甚麼陌生領域都不敢嘗試。這種矛盾的狀況，差不多也延續到我參加噴泉詩社。

我參加噴泉詩社，差不多是大二、大三時期，當時噴泉詩社美其名為詩社，但實際上主要是以朗誦詩為主，以詮釋詩、分析詩為輔，很少人會寫詩、討論詩。學姊姜文怡、同學秦泉萍都是詩朗好手，噴泉詩社的成果發表會也大多以詩歌朗誦表演為主，個朗、團朗交錯，很是精彩。

當時，我是個沒想法的人，學長姐拜託甚麼，我就答應甚麼，我也沒考慮到自己有沒有能力、有沒有興趣（我甚至當過國文系學會的副會長，但甚麼事都沒做，同學林嘉慧會長能力超強，一個人就能搞定一切，我現在回想起來，自己大約就像只是平衡男女性別比例的花瓶而已，還好我對當花瓶也沒有甚麼特別感覺就是了），後來我好像當過噴泉詩社創作組的組長，但真正進行詩歌和散文創作的反倒是一牆之隔的「師大寫作協會」，國文系隔壁乙班的曾尚慧是寫作散文的佼佼者，他就是寫協的成員。雖然只有一牆之隔，但我覺得他們那個寫作小團體，高深莫測。

這又是一種矛盾，噴泉詩社，只是朗誦詩，講講詩，卻不寫詩。

其實我讀師大時，還是默默寫詩，寫詩變成我無聊的學術研究之外的一點抒發出口。大二還是大三那年，師大全校徵詩比賽，我的詩得到首獎，題目是〈壓傷鋼琴的兇手〉，我連評審會議都沒去，怯弱的我，怕沒得獎，很丟臉。還是學長回來告訴我，我很開心，但還要假裝很不在乎的樣子，——我就是這樣矛盾的人。後來，同學陳聰興說他看不懂我的得獎作品，我忽然驚覺到，我寫的詩只有少數人看得懂、看得喜歡，我只是圍在小圈圈裡頭沾沾自喜罷了。這讓我對於寫詩有了一份獨特，甚至是清明的警覺。

我好像也曾跟著噴泉上台去朗誦詩，學姊和同學專注地將聲音完美地詮釋一首又一首，他們講究每一句詩的感情，琢磨每一句詩的聲調高低、語速快慢、音量大小，像琢磨一顆寶石。——但我完全沒有感覺，我只是跟著大家一起朗誦，是的，我是濫竽充數的那一個。

在我這個八五級的級別，也寫現代詩的，我知道的只有甲班新加坡僑生陳志銳，我看過他寫的詩，但也沒和他談過詩，我也不習慣和人談詩。比我大的學長就是馬來西亞的潘家福學長，另一個香港僑生學長莊元生很風趣會來我們寢室哈拉，文章寫得很好，但我不知道他寫不寫詩，再大一點的就是研究所馬來西亞僑生鍾怡雯，完全不認識，只聽人說過，地下室的研究所圖書館有一個很美很美的長髮學姊，長期窩在裡頭看書，我曾特地去看過一次，遠遠地，感覺很有氣質，也很漂亮。——很奇怪，師大國文系的僑生，大多多才多藝。

比我小的學弟妹，就很驚人，凌性傑、吳岱穎，他們後來都得了聯合報或時報文學獎新詩大獎；林思涵，更和一群人另組植物園詩社（現任教淡江大學的楊宗翰也是其中一員），有聲有色，我不知道他們有沒有參加過噴泉詩社，我猜想可能沒有。（更後來，還有一個小很多屆的學弟謝三進很專注詩藝的鍛鍊，詩壇的參與，他寫的詩挺不錯，後來不知是他的關係還是誰的邀請，我有一年忽然變成噴泉詩社的指導老師。）

當時在師大，現代文學原本就是整個學術課程的邊緣，現代詩更是邊疆之地的邊緣，噴泉詩社就在邊疆外的邊緣之地兀自孤零零地噴著泉。

噴泉詩社、以及一牆之隔的寫作協會，還有斜對門的南廬吟社，社員人數都是少得可憐，三個社團加起來，大約連吉他社社員人數的一半可能都不到吧，但是這樣邊緣的社團，人數少的可憐，照樣薪火相傳幾十年，也從沒聽說過有倒社的危險。——像我這樣格格不入的人，似乎也談不上喜歡或不喜歡這些社團，或許像我這樣邊緣的人，似乎就會進入這種邊緣社團。

忽然聽說噴泉詩社五十年了，竟然比我的年紀還大，真真有點驚訝，這樣默默有活力地噴泉，不管有沒有人欣賞或喝采，居然就這樣自顧自地五十年堅毅地噴著希望和美好，真教人吃驚。

那時，噴泉走過40年

謝三進（噴泉詩社第40屆社長）

我擔任噴泉社長期間為二〇〇六～二〇〇七年之間，當時正好是噴泉第40屆。當時的噴泉分為：創作、朗誦與行政三組，既有詩的基礎，同時也不脫大學社團的本質，如同「詩」「社」這兩個字的組合一般，噴泉同時雜揉這兩種能量。

社團的本質部分，是透過所有社員們互相凝鍊起來的。如上所述的三個社內編組各有所長，同時發想也各有不同，該如何將發散的想法收束成一股力量，始終是噴泉社長的考驗，也是幸運。

而詩的部分，其實更偏向於個人的經營。所幸師大有其地利之便，密布於溫羅汀之間的獨立書店、二手書店，諸如：舊香居、茉莉、竹軒、唐山，那時師大路上也還有政大書局，三大櫃文學類書籍羅列在眼前，時常就花一整個下午或晚上把所有書店逛過一輪。

如今想來，這種被書店環繞的體驗，實在是不可思議的幸福。再加上社團歷屆累積下來的珍貴藏書，有時會偷偷窩在社辦，邊翻詩集邊午睡，陽光從和平東路側的大窗灑進來，慢慢移向畫著向日葵的牆上，這些時候都會默默慶幸自己身為噴泉的一員，得以理所當然的沉浸於這樣一個別有詩意的午後。

説起當時與我一起運作噴泉的幹部們，與其説是對詩已有所了解才加入詩社，其實更像是為了了解什麼是詩才踏入詩社。噴泉詩社是我們共有的一把鑰匙，一起營運詩社的一年間，我們曾透過她，用不同的方式來探索詩的面貌與可能性。

除了創作、朗誦的雙向挑戰之外，噴泉綿延不絕的悠久歷史在大學詩社之中也是罕見。然而，詩也是與時俱進的，該如何在傳承與創新之間取得平衡，相信也曾讓各屆社長費過不少心思。

關於傳承的部分，當時噴泉有兩個持續數年的年度大活動：一個是發揮創作潛力的「靜態詩展」，社員們各自創作詩作，並發揮巧思布置成小型展品於本校圖書館展出；另一個是展現詩朗功力的「N度空間」，這是由幹部各自募集校內學生組隊、排練，再共同發表的詩朗晚會。透過這兩個大活動的籌備過程，社員們獲得課堂之外，另一種靠近詩的方式。

不過也因為在經營詩社的過程中不斷察覺不足，擔心過於專注在舉辦例行活動而忽略了對詩的探索。於是我們當時也曾跑去臺大、政大的詩社去旁聽、交換經驗。因此曾偷偷潛入整修中的臺大校內教堂，用成疊的磁磚當臨時桌椅，在四面裸露的水泥包圍中，靠著微弱的燭光讀詩；也曾在政大的小教室內，聽廖啟余跟當時剛出第一本詩集的林達陽對談，流暢且機智的對答讓我看見討論詩原來是件非常有趣的事。

沒想到噴泉走出的這一步，也是「波詩米亞文藝工作室」這個跨校社團成立的契機。

當時就以師大噴泉、政大長廊與臺大現代詩社發起，並邀得東吳白開水詩社及北大文藝創作社加入，組成了波詩米亞。曾有一段時間，來自各校的成員們每周日下午都會到噴泉社辦碰面，漫無邊際的聊詩，聊到激動時，也曾激動的辯論過。雖然波詩米亞只出過一本雜誌，然而那段過程對所有人而言，都是很寶貴的經驗吧。目前在瑞士攻讀博士學位的利文祺，當時也是每周必到的成員之一。

跨出了校園，看到了各校的特色與狀況，也就更明白師大需要的是怎樣的創作環境。當時新詩創作表現亮眼的寫作者已經逐漸浮上檯面，政大有崔舜華、台大有羅毓嘉、郭哲佑，不巧都不是詩社的成員，反映了當時詩的影響空間，已經從實體社團移轉到網路上了，詩社不再是培養詩人唯一的有力管道。因此才有《海岸線詩刊》的誕生。

《海岸線詩刊》其實是我在卸下噴泉社長之後，與同寢室的同學、學弟們一起創辦的。這是份只在師大校園內免費發送的詩刊，但不以詩社為核心，或者科系為核心，而是以一個學詩的人，看待當下身處師大的學生們，能以哪些角度來接近詩。同時，也期待影響這些未來的教師們，當他們踏上講台後，能成功拉近學生與詩的距離。

離開噴泉、從國文系畢業之後，偶然又參與了然詩社與風球詩社的運作，其實也都是噴泉、波詩米亞和《海岸線詩刊》經驗的延伸。不過因為曾有這些不斷跨出團體範圍的嘗試，甚至於促成不同團體間的碰撞與交流，也才讓我明白，自己身處的時代其實能有多麼精彩。

參、涓流噴泉

一九三一年～一九四〇年

夏日來時

邱燮友

是誰？踐踏過淺草
驚動青蛙徹夜地喧鬧。
花，成串成球地像煙火，
豐腴的夏，真好！

草地上，有蓬蓬的吉他，
揮不走一頭蚊子，一頭夢幻；

假日，那羣赤膊的孩子，
學黑人嘶叫：「美麗的星期天。」

嘿，南風吹動著海潮，
這是青色的年代——
太陽永遠跟著我們走，
太陽永遠跟著我們走。

花嫁

邱燮友

車裡的花，像雪般，
雪裡的人，像花般；
紛紛好比四月的春光，
花也夢，夢也花樣燦爛。

不再說：「愛我愛得太慢。」
羞靨滿天，也得道聲：「我願。」
林間有熟透的果實辭枝自落；
嶺上長風向巒壑低噢千遍。

且忘卻世間的柴米油鹽。
像王子，像公主般驕慣。
願白雲在山頭長相依偎，
那怕孩子們說：「褲底打個破綻。」

詩人是甚麼行業

詩人是甚麼行業？
三百六十種以外
在人群中，獨樹一幟
只賣春風，帶來春的訊息。

早春繁花盛開
有蝴蝶飛來。

蕊蕊花朵，蜜蜂來過。
盛夏陽光璀燦，
用筆耕犁開心田。
收穫葡萄、鳳梨和草葉一片。

初秋，從落葉，告知，
到深秋滿地蕭瑟。
在樹下獨坐深思，
問白雲，為何到處漂泊？

冬天，遠處傳來雪的顏色，
從頭髮的花白到全白。

一隻紅蜻蜓

邱燮友

一隻紅蜻蜓，
飛過金池塘，
輕輕停在荷花瓣上，
染紅了天外的夕陽。

為伊歡欣，為愛輕狂，
朵盛夏的蓮荷，紅豔，清香。
一隻紅蜻蜓飛過了海，
飛越金池塘，染紅了夕陽。

一隻紅蜻蜓，
飛過金池塘。
為了尋找愛的故鄉，
染紅了荷花，也染紅了夕陽。

歲月如流

邱燮友

歲月如水流，
落葉聲，已是深秋。
年復一年過去，
只有淡淡憂愁。

杭菊白，秋菊黃，
眼前正是花開的季候。
高尚的情操，
候鳥都找到綠陰水草。

春天是蓬勃的生長，
夏天是結實纍纍的季候。
秋收冬藏，古人的諺語，
從不曾為你停留。

深思一年的遊蹤，
像一部書隨自然轉動，
在每一頁記下記憶，
一去永不回頭。

夸父追日

邱燮友

楔子：

夸父與日逐走，入日，渴欲得飲，飲於河渭。河渭不足，北飲大澤。未至，道渴而死。棄其杖，化為鄧林。

(一)

（好熱，好熱，好熱啊！）

焦黃的太陽高懸在天邊，

像一面鑼在西方燃燒。
刺眼的天空沒有一片雲，
大漠上沒有一株草，一棵樹，
只有風和沙，
在頭頂呼嘯。

（一步步，一步步……）

無邊的大地，
地平線遙遠地橫在心頭，
遙遠啊！眼睛難以觸及的邊緣，
是一輪遙不可及的太陽，
怎樣越也越不過地攔在眼前。

(二)

鼓聲在心中響起，
催促夸父向前，
一跨步，越過一條大河，
一個筋斗，翻過一座山頭。
眼睛裡迤邐的赤熱火球，
每天都自夢魘的谷底昇起。
夸父追日，
好愚昧的人類，
太陽在東，太陽在西
怎麼趕得上呢？
關外草原莽莽，狂風蕭蕭，
數不盡的峰峰嶺嶺，

陡峭的絕壁連禿鷹也歇不下來。
東君乘著雲龍車駕，
從暘谷巡視到悲泉，
抓住他，
衝斷天地間那條皺痕，
便可握住無限的光芒。

(三)

日日夸父自亙古的黑暗走來，
披著一身玄衣。
走向充滿熱力的太陽，
騰躍，飛撲，
一陣崩天裂地的巨響。
追啊，那遙不可測的距離是

漸漸渴死的色彩，
追逐啊，那輪永遠耀眼的太陽。

一隻手自喉頭伸出，
掌心寫著「水」；
兩隻手自喉頭伸出，
依然寫著「水」；
三隻手自喉頭伸出——
還是水、水、水，
太陽緩緩走進虞淵，
走進夸父灼痛的眼眉，
走進夸父焦乾的胸背，
走進夸父沸騰的骨血，
走進歷史恆長的追逐。

(四)

尋找長河落日，
像稻穗尋找金黃色的風，
花朵尋找釀蜜的蝴蝶，
英雄尋找無盡的挑戰。
（我口渴，給我一口水）
一口吞盡，
河渭的萬古洪荒，
千年磅礴的豪興。

瞬間化成焦乾疲憊的身軀，
當你乾眼角最後一滴淚。
黃河不再澎湃，

渭水不再嫵媚，
四野哀鴻寂寂。
夸父，而你沙漠的旱季不長，
像你奔赴大澤的遠路，
自遠方悠悠傳來，
一陣清涼的歌聲，一帖藥，
放在焦熱的傷口，
撫平創痛。
站起來，跌倒，
再站起來。
在一個新釀的黎明，
猛開雙手，
以虎躍的姿態，
一頭撲去，

化為滿天飛舞的桃花。

夸父已死，
殷殷的桃樹覆在焦黃的大地上，
千年傳説，
一輪遠去的太陽，
夸父纍纍的腳印，
傳説千年，流傳至今……

回憶

邱燮友

回憶兒時
坐在巷口的夜晚，
跟鄰居的夥伴，
唱弘一大師的〈送別〉：
「長亭外，古道邊
芳草碧連天。……」
如今流浪到台灣，
美好的依舊是河山。
吉野櫻紅到天邊，

一輪紅日照滿天。
破碎的歲月，
用多少夕陽山外山來補填。

作者簡介

邱燮友

筆名童山。一九三一年十二月十四日生。為噴泉詩社前身「細流」詩社成員，回校任教後擔任指導噴泉第4～26屆指導老師。研究所畢業後即留校任講師、副教授、教授。曾擔任國文系主任、所長。著有《童山詩集》、《天山明月集》、《童山人文山水詩集》等。二〇〇五年獲得中國詩歌藝術學會贈與詩歌藝術貢獻獎。歷年教學與著述不曾間歇。

一九四一年～一九五〇年

靈魂的再生

陳鵬翔（陳慧樺）

自牆影
自森嚴的牆影
自壓在山麓燧石間迸出
靈魂
山楞然
星星臉色慘然

午夜的雪崩
眾樹都嘩然歌唱
谷底一片迷濛
然後你們舞過去
一陣電殛
花綻放　溪流潺潺
某種飛越　某種生長

作者簡介

陳慧樺

本名陳鵬翔，一九四二年生，廣東普寧人。噴泉詩社第1屆社員。佛光大學外國語文學系名譽教授。早年曾用過林寒澗、林峨等筆名，並與友人創辦星座詩社和大地詩社。曾任《星座》詩刊、《現代文學》編輯、《大地》詩刊主編。獲一九六八年全國優秀青年詩人獎。

木柵溪

李豐楙（李弦）

春水依時而至
一條奔流從群山萬壑裡傾洩了下來
活了千百年的河
在季節裡復活一如老歌
流傳在祖先遺留給吾們的土地上
很母性的木柵溪
哺乳過山胞、漢人以及他們的子孫百代
世世代代的礦工們
用雙手把河洗成那一付沉沉甸甸的臉色

木柵溪是一條黑黑的民謠
石碇、深坑、一路唱下
紮過番社立過木柵的谷地
瘦過靜過的一條河
經秋經冬又春了起來
灌木或草葉
鳥或者獸或者農作物載舞載歌
所有成長的一夜之間成長著自己
雨落在茉莉的園裡
竹綠向朝陽的方向
鬱鬱青青的野草膏沃了遠遠近近的河岸
春天的河水繼續流下去
流來流去就是河的生活
日日夜夜

吾們聽著
嘩嘩霍霍的水聲引向一個更遙更遠的年代

作者簡介

李豐楙

筆名李弦、李泠，一九四七年八月十日生，雲林人。噴泉詩社第1屆社員。師大國文系畢業，政大中文碩士、博士。曾任教於政治大學、靜宜大學，現任中央研究院中國文哲研究員。長期從事古典文學與道教研究，具有道士資格。曾與友人創辦「大地詩社」。對臺灣七〇年代詩史曾有不少論文發表，著有詩集《大地之歌：李弦詩集》、《下午，寂寞的空廊》。

一九五一年～一九六〇年

被水擁抱——九二一地震後十二年重回日月潭

陳義芝

被水擁抱
像被一疋發光的絲綢
被月半醒的軀體
被日豐熟的氣息

像水柳用枝條畫出曲線
小船駛進風飽脹的衣裙

十二年來仍在
這條春天的路

被水擁抱
在寺鐘的縐褶裡
一股電力倒影於天幕
一群曲腰魚游出了激流

風總是聆聽，日的彈奏
水總是聆聽，月的寂靜
時間過去許久，我又看到
部落的黎明

被水，被山

被一張遺失的地圖擁抱
也被受過傷的
但始終信仰的心靈

我又來到黎明的部落
隱隱的杵音響起
在伊達邵碼頭
一條小街轉角處

已死去無數次的我再次被擁抱
從上一世紀突然天黑時
到這一世紀重回
不再擔憂日月會終結

一切的光影
都已逸入崎嶇的路途
太陽仍發出豐熟的氣息
月亮仍橫陳半醒的軀體

風仍在高空
敍説
許許多多的
故事

二〇一一年四月作，選自《掩映》

封印——回到西漢獅子山楚王墓

陳義芝

我把你縮小了帶在身邊
食官衛士都在
服侍的丫鬟各以一枚小小的印
也留在身邊

我想你的印
如指紋是我的玉握
私語是我的玉枕
暖風是我的玉衣

黑夜使我不醒

為了想你
我把秦磚拆卸漢瓦疊來
已著人造好一座新的陶樓
養了陶雞陶鴨
畜了陶豬陶狗

更喚來翹袖折腰的舞孃
作我們愛情的瓦當
任檐前的春色淅淅瀝瀝
傳呼陶盤與壺觴
延續那未盡的歡宴

生生繼之以世世
為了想你
日月昭昭其光明
風雷震震其號泣

度盡兵馬寫生的殘日
我在傾頹的城垣找你的眼神
揭去酒甕的泥封
用一枚龜裂的小印
為你舌尖那一字落款

沒有任何封土能大過
這一枚小小印圖
即使是彩霞燃燒的野天

從此也沒有任何文獻
能蓋住這一點銘刻的朱紅

後記：徐州博物館展出的西漢楚王墓陪葬品，除了陶燒的杯盤、小巧的家畜造型，還有一堆職官、衛士與丫鬟的印章。

二〇〇八年四月二十六日作，選自《邊界》

阿爾巴特街之夜

陳義芝

她有雲雀歌聲般的身材
花色高領毛衣頂一頭金髮
藍晶的眼睛凝注蜜脂的臉頰
雪白的牙齒笑起來
像湖水

來自貝加爾湖的她在街頭當畫家
在阿爾巴特街的夜晚
一桿燈柱下
藍晶的眼裡飄著斜飛的雨絲

像無重的蒲公英絮追著街道的風
我走進她傘裡她請我坐下
我用她閃動的目光畫像
她用香蔥的手指勾勒一張瘦削的臉頰
疲憊的陌生人啊
在阿爾巴特街的夜裡

陌生的人逗留在陌生的城市
異國的眼神流轉在異國的街頭
恍惚間阿爾巴特街的畫像就泛了潮
無重的時間也因慌亂
一時走了樣

二〇〇〇年九月作，選自《我年輕的戀人》

詩經流域

陳義芝

我聽見女子的泣訴
像風吹進竹林削薄竹葉
四處尋找發燙的耳朵
眼淚結冰的冬天
她哭戰爭的絕望
黃鶯啼鳴的原野
她哭春天的迷惘

日照下那女子

像河邊的蘆葦林中的葛藤
與季節一同呼吸
翻過山岡
牽掛是懸崖上的一條葛藤
跨越棧橋
悲傷是溪流中的一根蘆葦

一日不見，如三月兮
一日不見，如三秋兮
一日不見，如三歲兮

你問我往哪裡去
風在城門樓上來來回回
有人採荇有人採薇

在愛與被愛的地方
小草撫觸肌膚般的土壤
我的情人與我相會
又與我相別

你問我何時歸來
兵士不再群聚干戈
絲綢不再片片撕裂
有人蠶桑有人浣衣
星光交擊晨光的音符
我的情人啊天黑與我共眠
天亮為我相思

二〇一七年五月

作者簡介

陳義芝

一九五三年生於臺灣花蓮，成長於彰化。二〇〇七～二〇一五年擔任噴泉詩社指導老師。高師大國文所博士。曾任聯合報副刊主任、高級資深績優記者。歷任輔大、清大、臺大等校兼任講師、助理教授。現任師大國文系副教授。出版有詩集、散文集《不安的居住》、《我年輕的戀人》、《邊界》、《掩映》、《為了下一次的重逢》、《歌聲越過山丘》等十餘種。

夜晚

蕭和達

晚上十二點七分他把最後一個菸頭揉進菸盒
揉進人行道蒼白的路燈裡
把自己揉進黑色的身影

和雨

十二點十三分撥開SEVEN的電動門
老闆，長壽
他把發票仔細地摺啊摺摺啊摺
塞進口袋，手已經開始摸索

丟在袋底的打火機
胸前還飄著紫藤的浴香

轉角衝出一輛摩托車
花襯衫的騎士嘴角啐一聲（幹）
他拿起藍色的打火機擲過去
晚了些，悻悻拾回打火機
口中輕喊一聲（幹）
晚上十二點半

摁熄菸的時候濃濃的焦味瀰漫
滿屋子乳白色的煙霧
微醺，闔上李白的關山月
夜晚兩點四十二分零三秒

想做愛，想起昨夜滿月時的月暈
拿起一支菸走上陽臺，仍雨

兩點五十分洗過臉
攤開一張大大的棉被
踢平枕頭
在床上想著李白或是月色
逐漸
呼吸開始平順
只是忘了關燈

二〇一七年九月十四日

作者簡介

蕭和達

一九五四年四月七日生，卒年不詳。噴泉詩社第10屆社員。曾任教於臺東縣立泰源國中，新北市立樹林國中，退休於臺北市立南港高中。遊於山川水月行蹤不明，溺於牛鬼蛇神生死未卜，召則香案瓜果齊備，來則魂飄鬼混，騙吃騙喝，飽足而去，杳無蹤跡。

浪歌

楊棨烺

藍藍的升起
白白的散落
譜成就的悲歌
遺留在蒼老的海螺中
複述著爽朗的耳語
漲漲落落
漲漲落落
浪花需要海風的和聲
奏出熱鬧寂寞的旋律

熟稔而陌生的海
善良而激動的你
唯有那忠實的海螺
願意不斷地不斷地為你申訴

作者簡介

楊棨烺

一九五六年九月四日生，筆名楊墨，噴泉詩社第10屆社長。師大國文系68級甲班、研究所畢業。曾任教於內湖國中、高中，以及臺北科大、銘傳大學等，現任教於全國各大補習班，並成立「楊墨國文教學團隊」一招生，持續改進教學方法與教材。教育理念是「沒有版本，只有根本」。重視結構、理解運用與判讀教學，教學旁徵博引，開拓學生視野。

水流浮光

李叔明

一

天地無語　逝水無心
渡口守著芒草蒼老
雁雀無知地
頻頻追問著水的留言

二

腳踩星辰　臂枕彎月
手掬流雲　耳聽風聲

問身旁漂鳥
我來自何方

三

揮灑以最美的圓弧
只為在奔落的剎那
仰面擁抱一整個蒼穹

四

光影流轉在春天的瑠公圳
不敢尋著你的眼
遂在水中
拾得一枚殞落的星子

台北藝遊

李叔明

一

一地的叮咚
我是踩在吳宮響屧廊上的
那名女子

二

握住的是空
放開的是有
好大的空　在此盈盈一握

三

多希望此刻
已是二十年後
好讓你知道愛你的心
依然年輕

四

這是我的舞台
靜止的是我　走動的是你
這是我的角色
作戲的是我　看戲的是你
我的舞台　我的角色
上演著你的心情

作者簡介

李叔明

一九五七年十二月十二日生，師大68級歷史系畢。曾任噴泉詩社第11屆社長，那一年噴泉參加北區大專院校詩歌朗誦比賽獲團體組冠軍。現任臺北故宮博物院導覽志工。

在我的年輕歲月中，噴泉這塊詩的園地滋養著我的學習與歷練，並伴隨我一生受用無窮，感謝當時所有噴泉的師長與一起奮鬥的同學，因為你們，讓我變得更好。

詩海悠遊

潘麗珠

我是一隻悠游詩海的精靈
請聽聽我的聲音

在古典詩歌綿長的流域裡
可以青青子衿悠悠我心可以
樂莫樂兮新相識悲莫悲兮生別離可以
採菊東籬下悠然見南山
當然也可以
白日放歌杜甫青春縱酒李白

突圍蘇東坡和夜讀辛棄疾
其間也曾探望想到雙溪尋春而終究
沒有成行的李清照
和浪子班頭關漢卿閒聊救風塵
慶幸湯顯祖為牡丹亭沒有白了黑頭
還有許多許多來不及停泊的名山渡口
一路游來

音韻鏗鏘崢崢崚崚如山
平仄相協泠泠瀧瀧如水
字句規範像道路的號誌規範著單行道
雙向通車或禁止轉彎
而玩賞吟誦與滿足則是國際駕照

我是一隻悠游詩海的精靈
總會遇到一些記憶深刻的事情在
現代詩歌寬廣的流域裡
好奇問過周夢蝶在雪中取火
是冷還是不冷
等余光中在紅蓮細雨之中
有韻地走來
看洛夫落款水墨微笑
聽瘂弦用河南腔唱如歌的行板
細數鄭愁予達達的馬蹄哪裡錯誤
也摸過商禽瞻仰歲月的長頸鹿
偶爾
參加王潤華搬演皮影戲
和同伴和白靈合唱大黃河

有一次還不小心
踢到陳克華掉在地上的保險套
而嘴裡正咀嚼陳黎辛苦栽種的蔥
還有很多更多趣味等著與我相逢

游來游去游啊游啊
採擷驚歎號一束又一束
享受百川匯納自由自在地吞吐
有時候即使被句龍字陣的迷宮困住
細細玩賞聲聲吟誦
啊，滿足

作者簡介

潘麗珠

臺北市人，一九五九年十月生，曾任臺師大噴泉詩社第30～41屆指導老師。臺灣師範大學博士，現任臺灣師範大學國文學系專任教授。研究領域包含詩詞曲、新詩散文創作、舞臺藝術等。著有《臺灣現代詩教學研究》、《雅歌清韻——吟詩讀文一起來》、《文學身影——蘇州六位天工獎大師藝術書寫》、散文集《付梓中》等等。

我曬衣

羅位育

我曬衣
多年爬在桌面寫字的手臂　認真舉高
將衣褲送上最適合衣架的那一點
那一點　我仰望最為專心的目標

我在頻繁曬衣的手法中
禁止懶惰的肌肉們在肩膀之中粘連
它們習慣在關節中絮語
在我的感情中喊痛

在洗衣機旋轉的水流之中來往　衣褲交際之後
我將它們各自帶開
用手指丈量潮濕衣褲的沉重心事
以腕力拉開衣褲糾結一團的想法
一件件衣　一條條褲　一點一點地
在衣架上輕鬆起來了

我不小心看見別人進入曬衣的儀態之中
別人忽然發現我的曬衣行程
我們害羞地躲在各自衣褲的背後
不再隨便露出一張
比衣褲式樣更加繁複多變的
臉相

家衣舍褲高高撐在架上
等風光來
讓風吹起每一摺縫中的濕意
以光照見顏色的深度

二〇〇二年

請愛用禱告

羅位育

禱告的時候
遇見先知解說預見災難分裂世界的時辰
我勤作筆記並且用心記誦
宛如參加逃難之旅的行前說明會
我對先知以禮相待並稱自己無力向神謝罪
我要恭候神明十指垂下凡間好來親吻
我將會喊出信心有理信仰萬歲
我低頭歡迎先知雙手按我肩膀要我謙虛屈膝
說去吧傲慢你這災難的私生子給人間真情留一點餘地

禱告的時候
我看見朋友們在神諭的福音之中依序排隊
他們將被天使的喉舌承諾
天使出語溫柔絕不輕易吐出重話
天使彷彿蒲公英一般輕盈飛翔
飛翔有如巨大眼白一般的天空
他們看見了
看見祥雲是天界的的霓虹燈
他們聽見了
聽見神明叫喚他們親嘴示好的聲音
於是他們仰天噘嘴一如謙卑的小花

禱告的時候
先知笑說世界在禱告的話語之中旋轉忽快忽慢

萬物的情感應和禱告的歌聲時大時小
那麼請多多愛用禱告
在這世間除了禱告我還剩下什麼呢
在這眾人日夜心亂的時代中
在禱告再禱告又禱告的季節中
內心生出親切的勇氣之苗
愛人的理由
以及除去永恆之罪的
願望

二〇〇四年

文學

羅位育

有限的詞彙問候我的不定期等待
郵票臉上的信戳模糊了
你忘記寫下時間

我步行你的文字之間想像
一群人在郵局窗下排出感情的隊形
郵筒散發荷爾蒙的香味
眾信在暗中熱戀不息

桌上的辭典不安了起來
我不斷翻找我們的文字
我們有我們的傳記
路人皆知的一回事
即使標點符號也要眾生顛倒

你的信件是我的文學
我以文學通信

二〇〇一年

誕生

羅位育

不知能為這個家作些甚麼
指按屋頂滲水的裂縫好讓兒女習作的字跡不會濕糊
掌批虎蜂深穴來綁蜂后敬告蜂兵不許亮刺
準備明窗引入光線照亮家人無憂的眼色
等等等一下等不及的成群家事在手邊蟻行
有人說尊重我唯一的青春期、有人回應不要礙著我的更年期
我跪下為你喜愛的人嘆息
不是你那說不出來的嘆息
而是我每一件均可命名的軟弱

不知能為我的軟弱作些甚麼
或者誕生甚麼

二〇一五年

作者簡介

羅位育

一九五九年出生。曾任國中、高中國文教師。創作文類為小說、散文與新詩。有小說及散文集出版。雖然不是正統噴泉人，曾有幸參加幾次噴泉的創作討論會，受益匪淺。算為噴泉友吧。

鷹

羅任玲

站在巍巍的山頂等
風，慢慢近了
張開茫然底袖

一個寂寞
飛過

一九八五年三月
一九九〇《密碼》

水族館

羅任玲

那女子眨著雙眼，像極兩隻流動的魚。水族館裡人來人往。有的貼近玻璃，讓自己的音容穿透過去，使得不巧行經對面的人看見一幅滑稽可怖的畫面。浸泡水中的頭顱，偶爾蝦子爬過鼻樑，穿過鼻孔，幾隻孔雀魚從唇裡匆匆游出。

女子走的時候，帶走所有魚群，和許多的夢魘。大街上不斷流著，吐露歡樂的氣泡。

一九八八年五月

一九九〇《密碼》

逆光飛行

羅任玲

我們的夢
一百萬次逆光飛行後
終於在寶藍的夜空下相遇
你的列車微雨
而我的，正滂沱
誰在雨中喃喃背誦單字
fade,faint,fatuous
當時光蓄意模糊了一切
記憶從蔓草荒煙一路退後再，退後

加速的輪軸與芬芳都
轟然遠去
誰依舊安靜坐著
閱讀潮溼氣味的晚報
讓世界沉默且錯身而過
夜色高架
夢境無人駕駛
秘密的椅背上
你是否終於看見了
那年鏤刻的月光

一九九六年五月

一九九八《逆光飛行》

果園

羅任玲

然後影子們落下來
巨大的粗糙的火
在黃昏四周
鑲上黑邊
溫暖的臉埋入昨日
鐵鏽的夢裡

炊煙燃燒起來
關於一生的夢

掉落地上的鐘擺
果子一般醒著，果子一般睡著的
不知名的頭顱

一九九六年八月
一九九八《逆光飛行》

風之片斷

羅任玲

僅僅留下一雙
黛綠的手勢
頭顱身軀都已涉向
不知名的流金暴雨
在短暫平靜的清晨
我拾起你
像拾起
整個宇宙的風聲
空蕩的兩片小舟

托住
空蕩蕩的一整座森林

影子
啊影子
召喚著
一整座海洋的靜寂

後記：暴雨剛剛離去的台東知本森林裡，石階上赫見一雙小巧的昆蟲翅翼，色如黛玉，貌似奇貝，在初陽下閃爍幽光，是為記。

二〇〇三年八月

二〇一二《一整座海洋的靜寂》

鮮魚宴

羅任玲

她躺在那裡。
腹部灑滿翠綠蔥花，肥美的卵們陪伴一旁。
靜極了。
清晨漁販的叫賣從她微張的嘴中喊出。

二〇一一年八月

二〇一二《一整座海洋的靜寂》

時空的切面——致陳澄波

羅任玲

是深秋了嗎？古風琴在鐘樓裡
自彈自唱了起來，你走過危顫的
苔蘚，那時空的切面斑駁映照燭光
像東北季風在我的居所欲晚未晚
從遠海颳來檸檬黃金黃寶藍霧青
沉厚張狂偽裝鳥之翅羽
要把黑帽尖塔一一搖撼
是風颳烏金沉黑是我日日也
穿越的幽靜小巷偶爾被擦去了什麼

黃昏駐足在這裡野狗一起
思念故鄉的暗影紅的赭的
夢魘的邊陲廊柱變成瀑布
這裡我也曾經唱詩禱告見證逝水濤濤
有時我還遇見一個旅人孤獨
在不詳的年代凝望你且被點亮
從濃重的灰裡星星一樣擦拭夜空
彷彿擦掉了神秘足跡但你還在
飛鳥也不曾遠去蓬蓬化作
更多暗夜裡的果實晶瑩飽滿
向深黑的過去現在未來穿透而去

二〇一三年八月
二〇一七《初生的白》

後記：噴泉詩社走過半世紀了，真是不容易的事。雖然我在師大時並非噴泉社員，但年輕的主編康書恩希望我以「噴泉社友」的身份提供數首作品，我也覺得蠻好的。整理舊作時，想起那些消失無蹤的雲煙歲月……幸好，有詩留了下來。

生命短暫，唯詩永恆。

祝福噴泉詩社繼續邁向下一個半世紀！

化武兒童

羅任玲

來不及學會「武器」這堂課
全都穿上優雅的黑
在命運幽暗的走廊

（誰說要有光就有了光）

這樣辜負了也好
被世界下課的
一整排安靜

（是月桂、苦楝呢或雪松）

有些側臉
有的赧笑
還有的
口齒微張

驚訝於整堂課的
難以學習
如何靜定
同時懷抱花香與毒氣

如何分辨拂面而來的
是上帝的手不是敵人的腳

（就要去遠足了嗎
去攀爬
另一個世界陡峭的扶梯）

最好忘懷了吧
這清淺甜蜜
最後的下課鈴
假裝什麼也沒發生過

晚霞滾落操場
晚風翻遍了
背包裡的塵土
吸乾了
嘴唇上的野蜜

• 為眾多死於敘利亞化武的孩童而寫。

二〇一三年九月
二〇一七《初生的白》

作者簡介

羅任玲

一九六三年十月十日生，非噴泉社員，應師大學妹顧蕙倩之邀以「噴泉詩友」身份提供詩作。喜歡秋夜。老樹。星空。荒野。大海。幽深之境。臺師大文學碩士，著有詩集《密碼》、《逆光飛行》、《一整座海洋的靜寂》，散文集《光之留顏》，評論集《臺灣現代詩自然美學》。以及二〇一七詩集《初生的白》。

大師傳奇——天中邱錦璋師榮退贈詩

鄭如娟

出生在紅黃秋葉堆積的季節　註定要
當一個善感敏銳的詩人
生日在至聖先師誕辰的前一週　註定要
當一位儒雅嚴謹的人師

伴隨校園鐘聲　日出而作　日入而息
您的作息　恆定如宇宙運行　規律如日月流轉
乾淨整齊的桌面　一盞桌燈　三大冊辭典
備課神情如此肅穆　不容打擾

莘莘學子驚歎您淵博學識的
山高水長　但每每攀爬不了
您精心設計的試卷的答案
撩涉不過　段考國文的分數
殺手封號於焉降臨

俯身專注　斂眉沉思　是您最讓人熟悉的
閱讀身影　巨大而堅定
恍如前世是漢唐一介書生　此生再度前來
和文字相認相知
手持五彩筆　編織字詞成一疋燦燦錦繡
懷握溫潤珪璋　朝覲文學殿堂
離去的背景音樂　該選擇哪一闋古典

小提琴是您的最愛
但梁祝　帝女花都嫌悲淒
那麼就來段布拉姆斯的第五號匈牙利舞曲
熱鬧繽紛　華麗震撼

天中史冊一頁大師傳奇　就此誕生

我向著時光往前走

鄭如娟

跨越陳有蘭溪
芒草翻飛的秋日
搖晃著　長長
木板吊橋　童年
　向我招手

穿越集集綠色隧道
樟樹光影中　少女
　沉吟著

成長的詩篇　該如何
寫就　暗裡彷彿嗅到
故鄉冬日的梅花清香

白千層柔軟的樹皮
夏日的黃金雨
無憂的學院殿堂裡
青春的眼眸　對著我微笑

淡水河的夕陽絢麗得
令人心驚
我悄悄走進孩童的心靈
嘗試建築　理想的王國

二千棵台灣欒樹紅色的蒴果
在陽光下　發亮著
摟抱著一雙兒女　陽明山腳下
我向著遠處的童年招手
我向青春的眼眸微笑
我向著時光往前走

蝶想——陽明山蝴蝶季觀之有感

鄭如娟

初夏晴日　藍天下
我仰頭　佇立
一棵　臭黃荊大樹
白花　盛開　無數
青斑蝶　紫斑蝶
鳳蝶　石墻蝶　小灰蝶
在雲朵　花朵間　翩翩穿梭
忙碌飛舞　在

遼闊的　大屯山區
島田氏澤蘭
野當歸
大花咸豐草　處處
停歇　吸食
汁液蜜甜

蝴蝶雙雙　遙想
英台與山伯　千年前
堅定悲淒的愛情

多彩蝶翅
展　闔　展　闔
看得出神

恍惚間想起　莊生
曉夢迷蝴蝶
會不會

我的一生　只是
就只是　蝴蝶的
一場美麗夢境

作者簡介

鄭如娟
一九六五年二月十八日生。噴泉詩社第19屆創作組組長。

雪色

顧蕙倩

順著山峻已看不見路
雪還在飄著
不知
冬日已盡

松枝紛紛
剝落
為我鋪成一條小徑
等高線成為

最後的
堅持

春天
循著小徑，探查
下雪的消息
無人知曉的雪色清晨
腳邊滾落多少松果
南方有風
知更鳥的歌聲
穿梭林間
那些無人知曉的寂寞
隨時都要
消融

二〇一七年三月

河流——致徐伯伯

顧蕙倩

前方不遠處，有人說
稻米豐碩
花香與果粉肆意
亂飛
沿著山谷
那是穿越
風雨交加的夜晚
只要耐心等待，一杯

小酒
流過喉嚨
流過
家鄉，卵石成堆

流過喉嚨，唱不出的言語
在新店溪

火車就要駛離
下一座山谷
每一株金黃陽光，釀成
一個又一個沒有爭戰的午後
一杯小酒，流過
時間

依然歌唱，唱成一整座
田野和高粱

二〇一六年三月

月光——致胡伯伯

顧蕙倩

吹開
破了角的記憶
讓歌聲隨那微風
掀起了我的窗
小小夜曲
月光搖呀搖

悄悄走到母親身旁
母親的笑，流過

小河彎彎

水中央，母親的笑
野草搖呀搖
月光照亮了我的窗
月光
留在我的小窗
點亮了燈火，母親的笑
在水中央

二〇一六年二月

潛意識——給太麻里

顧蕙倩

願我們永遠年輕
每一次愛戀
都是
廣袤的起點
以潛意識潛進
文明不生的古道
洄游原鄉
那是浪濤與石頭的偎依
是愛的第一道曙光

二〇一七年五月

豐饒的掌心——給撒布優（sapulju）

顧蕙倩

我們都已來到這裡
翻越深谷，隨鷲鷹
翱翔，只為來到妳編織的夢裡
離開家園，前行的路一步
一步是呑吐
雲霧般的遷徙，步步
起伏有致。堅定
曲折，是妳的呼吸
聽見了嗎？我的歌聲，曾隨溪流

流經妳美麗雙唇
而今，我們來到了這裡
牽起彼此
將寂寞與荒蕪
一一還給
豐饒的掌心

二〇一七年五月

節拍——給阿朗壹古道

顧蕙倩

我們終於走到這裡
沿著一路
跌跌撞撞的山陵
來到礫石成堆的海岸
我們裝備齊全
擁有
充足而深刻的話題
一心只為
追到

海角天涯
當我們終於來到這裡
來到這一座
永恆之海
岩石的褶曲，數算
美麗的時光
一，二，三
我們的腳步聲
也數算著
濤聲的節拍

二〇一七年五月

歲月——給大武

顧蕙倩

再多的跌宕起伏，終將
游回海口
我們穿越黑暗
一座座隧道
一一指向時間的起點
那是親潮與黑潮纏綿的所在
魚群在歡愛間洄游
環抱山海的故鄉
故事，從這裡

開始

二〇一七年五月

作者簡介

顧蕙倩

噴泉詩社第19屆創作組組長。一九六五年生。國立臺灣師範大學國文系學士、淡江大學中文所碩士，佛光大學文學系博士。曾任中央日報副刊編輯、國立師大附中教師、現任臺灣師大及銘傳大學兼任助理教授。曾獲師大噴泉詩獎、臺北詩人節新詩即席創作首獎、二〇一四教育部特色課程特優獎、二〇一六國家文藝基金會文學類創作補助、第51屆廣播金鐘獎「單元節目獎」。

奔跑

許悔之

在你的一個毛孔裡
我不停不停的奔跑
跑到了百合綻放的海
亮晃晃幾乎要燃燒的月亮

我一直奔跑一直
奔跑奔跑
在你的一個毛孔裡
像一隻銀狐

在廣袤的雪地上
奔跑
在感覺你胸悶之時
你，一定有悲傷吧
我以為那時宇宙正在崩解
而忍不住停下來
仰天嗥叫

我的眼睛充滿黑夜
你的胸膛即將天亮

（收在《我的強迫症》詩集中，二〇一七年六月出版）

讓我用詩回答你

許悔之

那些未完成的詩句
是我的感激
你眼角的一個毛孔與
下一個毛孔之間
相隔有十萬里
你是巨大的神力
所以我必然失去話語
請容許我
以心跳和詩回答你

（收在《我的強迫症》詩集中，二〇一七年六月出版）

作者簡介

許悔之

一九六六年十二月十四日生，臺灣桃園人，曾獲多種文學獎項及雜誌編輯金鼎獎，曾任《自由時報》副刊主編、《聯合文學》雜誌及出版社總編輯，現為有鹿文化事業有限公司總經理兼總編輯。著有散文《創作的型錄》、《我一個人記住就好》；詩集《我的強迫症》、《有鹿哀愁》等。一九八〇年代，亦有參加噴泉詩社活動。

葬花

許碧華

西方靈河　三生石畔
一株絳珠草
殷勤神瑛　甘露灌溉
竟是粒利綠珠　輕落
在離恨天外
喝灌愁海水
吃蜜青果　日日逍遙
仍忘不掉那甘露　只有
化絳珠成淚

一顆顆　一滴滴
不斷地流，流，流……不盡地從秋流到冬
春流到夏

湘妃竹上的淚是早哭成的
斑斑點點
昨日流過的痕跡
遍滿瀟湘　成林
憂鬱的綠　是一塊
濃得化不開的玉
透明的　深深的
凝　結

樹梢上的紅　是

綠的心情

訴說著如絲莖脈的細心
挑逗得蝶舞心跳翩翩
　　春風也奔來襲人
癡醉裡　盡情狂舞
歡唱

從第一朵開始　唱到
蝶兒倦了
春風睏了
花兒們也紛紛累了

看完這場春舞
人們還沒道謝　就急著

急著逃去
要逃離　美麗的死去
黯然一曲落花滿天
終場舞寂寂　燦爛點綴著
花兒們最後的晶瑩

美麗的主角　細膩地
舞出了我的熟悉
想請她簽名
請她再為我舞一曲
卸下舞衣　她
漠漠離去　頭也不回
任我狂喊　奔向前尋
盡是一張張枯槁

找不到　竟找不到
那扣心的容顏

林中　奏著戀曲的寂寂
明年　不愁再燦爛
春年年包下了舞期
來時　別帶秋風
青絲會被吹成　結
無頭無緒

作者簡介

許碧華

一九六六年生。噴泉詩社19屆副社長、20屆社長。師大國文系畢業、師大國文系研究所結業、輔大宗教系在職專班碩士畢業。板橋高中專任教師、導師、國文科召、訓育組長、社團活動組組長、教師會理事長、退休教師聯誼會會長（現任）。曾任全國高級中等學校教育產業工會教學部主任和新北市分會副會長、台北市公私立中等學校詩歌朗誦比賽評審委員。

溫州三疊

顏艾琳

甌柑

在塘河的船上，
友人提來一袋甌柑，
我的眼睛不相信
這小小的橘子
有太陽的光、
我的觸覺被魔幻
橘皮薄如紙，果肉軟似綿
我的味蕾質疑這小果子，

幾乎是橘子、蜂蜜、
江南的水、海邊的鹹風、
鬆軟的土壤、農人的愛撫
所捏成的果汁餃子。
離開溫州之後，再無遇見
比它更香甜的柑橘。
我的胃，有甌柑的鄉愁
一想起甌柑，
整個溫州便在記憶中
化為那小小的吻，
貼上我的嘴唇。

江心嶼

詩人乘著秋風來到江心嶼。

但見
雲朝朝朝朝朝朝散，
潮長長長長長長消。（注）
都不知過了多少季，
孤嶼來過李白、杜甫、陸游、韓愈、謝靈運，
現代的鄭愁予也來了，
恰是
雲散潮消無數回，
愁予歡度只片刻。
江心嶼的秋風
以後愁予不愁予？

澤雅

六百年的紙，

竹影搖著墨汁、
漢字舞蹈著不同的身姿，
這紙曾包住茶香、
一條水流、
一座山的綠意、
鳥聲是滴漏了，
澤雅的手工黃紙有點脆弱
恰如歲月也跟水碓一樣，
咚咚敲著竹纖維
有些就這樣流失了。
而他們未誕生之前，
澤雅的山水就準備
躍然於紙上，
只是，有人知道

他們的手跟水一起工作、
有些人卻不懂
將水流加快，
山竹隨風低頭
慢慢的慢慢的，最後
也梳理不了任何要流失的
六百年歲月……

注：疊字對聯為南宋詩人王十朋作品，於江心寺門口可見。

二〇一七年六月十六日定稿

謎

顏艾琳

誰的宇宙已生成？
誰擁有這神秘的膨脹？
你是誰？
而某人已擁有你？
或是一齣悲劇的謀和？

你說：「我還不知道我是誰？」
某人回答：「你已經是我的。」
生命是無知而來，

朝未知而去。
誰都知道
其實
你和自己的影子
在跳舞。

二〇一七年七月九日定稿

遊戲之後

顏艾琳

死往何去？
生從何來？
也許，
死是結束，
生是遊戲。

無常是，
我們都會在某一日常
遊戲結束。

誰說命是時間的經緯，
運是移動的棋子？
而我們都走在這棋盤上。

親愛的，
慢一點、謹慎一點，
恰如我對你的愛，
每一步都經營；
讓我輸給你，
換來你每一個笑、
笑我傻，「你這個傻瓜」。
只想跟你好好下
我們的每一局
每一步棋。

誰都知道，我愛你。

二〇一七年八月二十五日聯合副刊

作者簡介

顏艾琳

颱風名，一九六八年生。生於臺南下營顏氏聚落。來臺北受教育後，一路遇到貴人師長，因此習得文學跟編輯技能。一個活得像魏晉時的嬉皮。玩過搖滾樂團、劇場、「薪火」詩刊、手創、公共藝術、農產傳播。極端天秤，狂狷古典。十幾歲就跟師大噴泉的許碧華等人交流，也曾多次參與社內的詩歌講座，有30年的詩歌往來情誼。曾任噴泉第37屆指導老師。

寫作

徐國能

當你煩惱時
拿起筆寫下兒時的回憶吧！
當你憂愁時
拿起筆寫下過去的夢想吧！

生活裡，處處都有悲哀的歌
陽光下你也可聞明朗的笑語

這些都可以是你所寫作的對象
因為他們是人類卑微命運的一瞬間

人說命運像一條船
似乎由自己掌舵
但真正的控制者，是你看不見的季風
暗暗湧動的海潮
而你就是隨順而去，一如浮浪

但無論你抵達哪一片海洋
不要忘記你的筆
那是你真正能掌控的唯一
何況，那麼多藍色環繞著你

當你絕望時
拿起筆寫下你最初玫瑰的甜香
當你受苦時
拿起筆寫下母親的笑容
世界綻放於你的筆尖，用淚與愛
流成一條低吟的河

當你拿起筆，為我寫一行詩
我和世界就變屬於你
屬於那更完整、更仁慈
也更卑微的你

二〇一七年

雨

徐國能

雨落在不同的地方而有了命運
大海裡、屋簷上或一匹駿馬的眼睛
而因此有了憂愁或喜悅
而因此分別了你我

我想當一滴雨，在下班公車的玻璃窗上
滑成一道隱微的虛線
只有悲傷凝望的人，能看見
我的悲傷

或許，我就是那一滴雨
在落地前始終保持優雅的形式
懷抱滋潤大地的
夢與道德

即使後來，破碎了、汙濁了
仍然懷念雲端
曾經是我的
那一滴雨

二〇一七年

作者簡介

徐國能

一九七三年年生，噴泉之友，愛詩人。二〇〇二年師大國文博班畢，二〇〇四年年至師大國文系任教至今，目前為師大寫作協會指導老師。

逃難史記

張輝誠

逃難本紀

眼看已然的宿命吹起一串串
來不及扼腕的泡泡
一道詔令　遷都移駕
南京西安杭州重慶化外之島莫非王土
不淚在兵荒馬亂的塵土下
不淚在異邦囹圄中
月明稀照眼
夜氣中傳來一聲嘯音

朕乃天之
驕子

逃難表

夏商周　許由洗耳去了，誰還在佯狂？
誰還在忍飢採薇？

秦漢　紂王一把火燒得史冊燎原千年
唯有愚不可及才不及於與焚書共爭千秋
唯有智可及才免於連誅的朋黨命運

魏晉南北朝　捲起青青子衿跋涉過一個個
高狂俊逸風流名士的手臂
血的年譜和滾地的頭顱

隋唐　遊幸的船揚帆而來，運河兩旁跪滿了人
急急流淚放血，好讓船浮的起

一路下到江南
宋元明清　韃韃馬蹄踏遍布衣百姓的良田
韃韃馬蹄踏破漢人的黃土美夢
民國　車，電一般地北而南
船，風一陣地過了海

逃難書

大難來時各自分飛，誰還在意誰的明滅？
兵荒馬亂地收拾細軟又該往那裡逃？
故鄉，一個東西南北惦記不清的方向
任越鳥胡馬撲朔迷離地哀啾誰也無心細聽
何況遙遙傳來有弟皆分散、無家問死生的口號
有家攜家逃，無家保命逃

惶惶人心逃成一部惶煌
興，百姓苦；亡，百姓苦的千年不安史冊
寫史的史官也要逃　帶了一支筆
一顆良心和一雙眼睛

逃難世家

最先走的只留下帶不走的田地房舍
投石問明了路　是安身立命的所在
在車上　在轎上　在船上　在飛機上
在一箱箱金銀財寶的心安上
逃是生命另一種宮商的悲調
不是盡頭　只是該轉個彎而已
轉彎而已　等有一天都心安理得了
必以全新面貌歸來

搖身一變　又是一派
王公貴族

逃難列傳

「玩個遊戲喔！各就各位
逃難開始！」風聲鶴唳地
山逃到水裡，水逃到海裡，海逃到雲裡
雲逃到雨裡，雨逃到汗裡，汗逃到淚裡
淚逃到血裡，血逃到骨裡，骨逃到禿鷹嘴裡

望不盡的滿山遍骨遺留著繁密凌亂的腳印
疲累的雙足是一則則列傳的基調
一個足跡是一口井
一個足跡是一坯新墳

遠遠地　自宮庭傳來
褒姒的嫣然一笑
笑聲在井口新墳上久久不絕
如縷

（本詩曾獲師大文學獎首獎）

作者簡介

張輝誠

一九七三年生。臺師大文學博士，臺北市中山女高教師，文學作家。師大噴泉詩社第28屆創作股股長，第39～40屆指導老師。文學作品曾獲時報文學獎、梁實秋文學獎等，著有散文集《相忘於江湖》、《我的心肝阿母》、《離別賦》、《毓老真精神》。教學成就曾榮獲教育部教學卓越獎金質獎。首先提倡「學思達教學法」，是臺灣教育圈「隨時開放教室」第一人。

物質生活

凌性傑

生活是物質的生活
一如建築是地上的建築

你是屬於我的你
一如河流屬於海洋

夜晚是世界的夜晚
一如時間在我們臉上

一碗飯是一碗飯
我們把過多的愛縫進被單

身體是死的容器
這城市有人曾積極的拆船

活下去只是活下去
我們沿著夢走到了現在

我的愛從不唯物
但裡頭藏有事物的核

我的愛也不唯心
只是把世界收納進來

另一種生活

凌性傑

我喜歡變化無常的事物
充足的陽光，不曾開始的
信仰。你想知道嗎
安然而坐之時，將會看見什麼？
鴿子在遠方飛翔，銜來一則
未經修飾的洪水神話

我們對望靈魂深處，每天
一起走進最黑暗的房間

用手機寫家書，用滑鼠
點開一千個陌生的世界
耳機裡有麋鹿奔跑
冰層碎裂的氣味
無止盡的複製別人的愛與憂
至於自己的快樂就藏在藍色吉他之中

重新相遇之時那些我們
所說的，花與果實，不死的種子
都成為深深相信的了

螢火蟲之夢

凌性傑

用尾端，輕輕，就能頂住全世界的黑暗
死亡或遺忘。我便這樣不由自主的發光

沒有誰教我如何祈求一場露水一頓晚餐
沒有誰教我怎樣尋覓一片水澤讓身體依靠
但彷彿有誰在我們之上端坐凝視
不說話，只安靜整理自己的思想
草叢中腐爛的聲音似有似無
我與同類爭相前往沒有光的地方

在飛翔中睡眠，睡眠中飛翔
最好是這樣，五月的雨剛剛降下
慾望，潮濕而溫暖
而我似乎已經懂得了什麼
懂得了應該做些什麼

有一個夢我進入它
有一個傾斜旋轉著的星球
我在它身上盡情排泄、舞蹈
此時此刻，神祇都已告退
遠天的星光似乎與我們無關
逕自閃爍希望或失望的淚水
微風吹動蕨葉，孢子盈盈的飛散
水聲開始潺潺，魚族興奮的產卵

我感到非常非常孤獨，並且應該
與什麼一樣，本能的相互尋找
碰觸彼此的憂傷、彼此的光亮
然後擁有更多的快樂
完整的黑暗

輕輕頂住，我以及我的光
那生殖的氣味
正在相互激盪呼喊

島語

凌性傑

我終於相信
再也沒有一個地方
勝過我們並肩而立
看見的地方

世界變得新奇，我們
彷彿進入另一個世界
事物在命運中默默生長
讓人以為看見的

就是擁有的。除了
孤獨緩慢的思想
孤獨而緩慢的太陽

當幸福來到我的窗前
我記得每一吋海浪的去向
風的來處，夢中的城鎮
正在飄著細雨
沾濕遙遠的願望
而我始終知道
不可能是他人
也不可能是其他地方
容許在天空裡種花
容許記憶的燈都點亮

於是我們成為
擁有同一種時間的人
太過美麗的信仰讓我來到
這當下，在彼此的胸口
靜靜睡著像是回到了
星光下的家

作者簡介

凌性傑

生於高雄市。天蠍座。師大國文系、中正中文所碩士班畢業，東華中文所博士班肄業。噴泉詩社第29屆社員。曾獲臺灣文學獎、教育部文藝獎、林榮三文學獎、中國時報文學獎、中央日報文學獎、梁實秋文學獎等。相信所有美好的事物，熱愛詩意的生活。建國中學教師，著有《男孩路》、《自己的看法》、《找一個解釋》、《彷彿若有光》。

波赫士的郵簡

吳岱穎

一、鏡與辯證

給飛鳥以天空等同於
放逐思想於語言的密林

敍述者試圖令我們相信
日月星辰並非辨認方向
唯一的解釋。我猜想
那個把羽翼寄託給牠們的理由
必然比單純而全然的自由

更值得哲學家的探究——
「一種倒錯的認知其實有助於
帶領我們找出真相。」如果此言不假
則萬物的鏡像勢必
更加接近於它們
在上帝眼中的模樣

然而，什麼才是經驗
真實的依憑？

（一面湖水是否能承托起
整片透明的天空？）

二、高塔將傾

符號相疊成階梯
言說從此上升為神靈

在冊頁裡，勞動者仰望的夜空
比宇宙更大，更薄

語字的星星，死亡之寄寓
刺入未來的光照亮偶然
如唯一的道路——它崩塌
將信仰留在意識彼端

失語者迷失了自我

徘徊於地上的邦國

世界碎裂成繁花的容器
萬物競逐生長的遊戲

作者簡介

吳岱穎

一九七六年生，國文系八八級。曾為噴泉詩社第29屆社員。

捷運大街記事

曹志田（曹尼）

日光拍擊一褶熱浪襲來
捲去舌底殘留的酵素
以一列星穿梭恆河胃裡
消化一個
酸酸的下午

坐在彼此心室裡
投我以深長的虛空
探索結晶浮沉

見你黑褐漩渦上
奮力划動匙槳
醃漬動人的上唇

只讓一條爵士流過
左岸　右岸
冷　　熱
　凝　照

二〇〇〇年

曹志田（曹尼）

在那身冷

有一股腐味
據説來自胸腔陣痛

切開掏出擦拭切開
掏出擦拭……
按掉開關
鬧鐘裂齒竊笑
送進耳朵空出的風洞
晾好吹乾

新鮮保存
那18℃
懼光

有一尾舌溜
進喉頭吞去
發酵的餘溫
然後在胃裡
冬眠

二〇〇〇年

GD單身日

曹志田（曹尼）

那初天空就堆滿鐵質雲塊
鏽得令人鼻酸淚流
奇怪的是窗上竟有三兩片雪花，單人床就說
那是是兩三片眼花
預支過頭的是足印，偏
說鞋子揮動鞋帶南飛過冬
有人在中午喫了一口茶，說是他在
漱口
單人床喃喃著

喃喃著雙人床的
夢囈

牙齒是先刷上排還是下排先
走路是右腳先舉還是左腳先
前進的是一年前的眼還是
一年後的瞳退後
路旁就蹲個人向影子學默劇
誰也沒料到對戲的啞巴是
自己

連黃澄澄的燈管都鏽得精光
老掉牙的秋天把冬日的煙屑抖在
失去座標的城市裡

無非四日的蘋果在那吃了一半
玫瑰笑著說今晚很十一月
無非那才是單身
不了邊界

二〇〇一年

月之海記——墾丁夜遊

曹志田（曹尼）

光翼未展
順岸峻峭的臉龐吻下
直達那厚實胸膛

漫漫地
脫下僅有的雲紗
吸吮月的乳房
影間中探索
推開天窗

在悄悄流星窺視下
汲取彼此冰涼的體溫
哪管草木皆兵
浪一陣後
風輕輕
暖和起來

二〇〇一年

遊戲

曹志田（曹尼）

關於童年的記憶
我振開雙臂
任他在陽剛的胴體上漫涎
枯竭而漠化而
傳説著一則
無崖鹹鹹的沙岸

喘息搶灘，你濕漉漉
如蛇在沙前劃上赤色的房子

一格一格，整齊羅列
接連著整個灘頭
足跡在格裡跳來跳去
跳來跳去，不分上下
你丟出了石子雀躍
說：這是唯一勝利的籌碼
直到漲潮漂白
你才駕著夕陽
滿足離去

一對情侶
一枚浪吻過
一個洗牌前的
遊戲午後

二〇〇二年

食尚

曹志田（曹尼）

一、速食

胃翻湧的崇拜，一段
段貼滿照片文宣的食道
薄唇、利齒糾結交纏
深陷其中

一隻無辜的迷途羔羊
遵照「♂」的號誌步向連鎖店
買份肥沃舌根來餵飽寂寞

每一家準時奉行顧客至上
每一家都有複製的註冊標記：♀

A套B餐，1追趕著2，餐餐
流行隨機抽樣
給幾包口紅沾醬企圖
掩蓋滿溢的卡路里數據

何時餐桌上爬過蔓延蟻陣
請收拾好嘴角狼籍的苔衣
下一個顧客光臨前，賞個
油膩膩的耳光

二、素食

血液太濃，選擇咬牙切齒
選擇光合作用之前研磨影子
廣告都說香濃消得人憔悴
過度的擁擠，等於胖

揮舞著磨亮的舌尖
在剁碎了清脆的誓言之後
發酵的蜜語被淋在唇邊，每一句
都跌跌撞撞倒進味蕾

有隻宏亮的夏蟬豢養在
聲帶的冬季

發出鼓鼓梵音禁不起臼齒一嚼
再嚼，犬牙已枯坐成灰
那株不施肥不灑藥的有機面容盼為
千瘡百孔，歲月曾是肉食動物

唯加點花蜜、維他命數顆一塊血淋淋
現榨，就留那麼點，廚餘味

三、訴食

拒絕分享腹內之實，彼此靜默
跪在生鏞的齒欄內外禱告
對晝夜盜走嗅覺仍餘悸猶存
五味砸沉了舌，連雜陳都發不出來

無非飢餓的中性存在
酸性的唾液依舊
空腹嘔出那朵米白玫瑰適合晾在
雙人桌上，正視一方詞窮的菜單

餐前先來一杯油沫
發動引擎式的喘息
幾枚素色之吻拌上香水生食
今日主菜是外帶的謊言幾分熟？
必要帶血帶筋——葷色素食新吃法

結局連一個飽和的嗝都嫌微醺
且靜靜相覷地互掏名片付帳
找零的唇型

記得領走

二〇〇二年

作者簡介

曹志田

曹尼，本名曹志田，一九七九年生，臺灣宜蘭人，曾任臺灣師範大學噴泉詩社第34屆社長。著有詩集《越牆者》。曾獲全國優秀青年詩人獎、蘭陽文學獎、聯合報文學獎。曾任臺灣〈吹鼓吹詩論壇〉散文詩、地方詩副版主，作品散見報刊、網路。現為宜蘭的歪仔歪詩社一員，高中教師。

一九八一年～一九九〇年

秩序的誕生

aA bB cC dD eE fF gG hH iI jJ kK lL mM
nN oO pP qQ rR sS tT uU vV wW xX yY zZ

林秀赫

孤獨的群體

林秀赫

真核域

｜

動物界

｜

脊索動物門

｜

脊椎動物亞門

｜

哺乳綱

｜

靈長目

｜

人科

｜

人屬

｜

人種

孤獨的群體II

林秀赫

02 03 05 07 11
13 17 19 23 29
31 37 41 43 47
53 59 61 67 71
73 79 83 89 97

二〇一六年十二月十九日

權力的韻律

林秀赫

開天行道肇紀立極大聖至神仁文義武俊德成功高皇帝
嗣天章道誠懿淵功觀文揚武克仁篤孝讓皇帝
啟天弘道高明肇運聖武神功純仁至孝文皇帝
敬天體道純誠至德弘文欽武章聖達孝昭皇帝
憲天崇道英明神聖欽文昭武寬仁純孝章皇帝
法天立道仁明誠敬昭文憲武至德廣孝睿皇帝
符天建道恭仁康定隆文布武顯德崇孝景皇帝
繼天凝道誠明仁敬崇文肅武宏德聖孝純皇帝
達天明道純誠中正聖文神武至仁大德敬皇帝

承天達道英肅睿哲昭德顯功弘文思孝毅皇帝
欽天履道英毅神聖宣文廣武洪仁大孝肅皇帝
契天隆道淵懿寬仁顯文光武純德弘孝莊皇帝
範天合道哲肅敦簡光文章武安仁止孝顯皇帝
崇天契道英睿恭純憲文景武淵仁懿孝貞皇帝
達天闡道敦孝篤友章文襄武靖穆莊勤悊皇帝
紹天繹道剛明恪儉揆文奮武敦仁懋孝烈皇帝

承天廣運聖德神功肇紀立極仁孝睿武端毅欽安弘文定業高皇帝
應天興國弘德彰武寬溫仁聖睿孝敬敏昭定隆道顯功文皇帝
體天隆運定統建極英睿欽文顯武大德弘功至仁純孝章皇帝
合天弘運文武睿哲恭儉寬裕孝敬誠信中和功德大成仁皇帝
敬天昌運建中表正文武英明寬仁信毅睿聖大孝至誠憲皇帝
法天隆運至誠先覺體元立極敷文奮武欽明孝慈神聖純皇帝
受天興運敷化綏猷崇文經武光裕孝恭勤儉端敏英哲睿皇帝

效天符運立中體正至文聖武智勇仁慈儉勤孝敏寬定成皇帝

協天翊運執中垂謨懋德振武聖孝淵恭端仁寬敏莊儉顯皇帝

繼天開運受中居正保大定功聖智誠孝信敏恭寬明肅毅皇帝

同天崇運大中至正經文緯武仁孝睿智端儉寬勤景皇帝

配天同運法古紹統粹文敬孚寬睿正穆體仁立孝襄皇帝

懷念

林秀赫

新近紀
古近紀
白堊紀
侏羅紀
三疊紀
二疊紀
石炭紀
泥盆紀
志留紀

奧陶紀
寒武紀
文德紀
成冰紀
拉伸紀
狹帶紀
延展紀
蓋層紀
固結紀
造山紀
層侵紀
成鐵紀

憤怒的結構

林秀赫

我們成為蟲，但我們只有一條
我們成為魚，但我們只有一尾
我們成為鳥，但我們只有一隻
我們成為獸，但我們只有一頭
我們成為人，但我們只有一種
我們成為物，但我們只有一個
我們成為詩，但我們只有一首
我們成為我，但我們不止一位

遙遠的彼岸

林秀赫

日本•　　•齒鯨
韓國•　　•虎鯨
加拿大•　　•露脊鯨
俄羅斯•　　•大翅鯨
格陵蘭•　　•抹香鯨
法羅群島•　　•長白鬚鯨
冰島•　　•灰鯨
挪威•　　•藍鯨

一名已婚女子的姓氏

林秀赫

趙錢孫李周吳鄭王馮陳褚衛蔣沈韓楊朱秦尤許何呂施張孔曹嚴華金魏
陶姜戚謝鄒喻柏水竇章雲蘇潘葛奚范彭郎魯韋昌馬苗鳳花方俞任袁柳
酆鮑史唐費廉岑薛雷賀倪湯滕殷羅畢郝鄔安常樂于時傅皮卞齊康伍余
元卜顧孟平黃和穆蕭尹姚邵湛汪祁毛禹狄米貝明臧計伏成戴談宋茅龐
熊紀舒屈項祝董梁杜阮藍閔席季麻強賈路婁危江童顏郭梅盛林刁鍾徐
丘駱高夏蔡田樊胡凌霍虞萬支柯昝管盧莫經房裘繆干解應宗丁宣賁鄧
郁單杭洪包諸左石崔吉鈕龔程嵇邢滑裴陸榮翁荀羊於惠甄麴家封芮羿
儲靳汲邴糜松井段富巫烏焦巴弓牧隗山谷車侯宓蓬全郗班仰秋仲伊宮
寧仇欒暴甘鈄厲戎祖武符劉景詹束龍葉幸司韶郜黎薊薄印宿白懷蒲邰

從鄂索咸籍賴卓藺屠蒙池喬陰鬱胥能蒼雙聞莘黨翟譚貢勞逄姬申扶堵
冉宰酈雍郤璩桑桂濮牛壽通邊扈燕冀郟浦尚農柴瞿閻充慕連茹習宦艾
魚容向古易慎戈廖庾終暨居衡步都耿滿弘匡國文寇廣祿闕東歐殳沃利
蔚越夔隆師鞏厙聶晁勾敖融冷訾辛闞那簡饒空曾毋沙乜養鞠須豐巢關
蒯相查后荊紅游竺權逯蓋益桓公萬俟司馬上官歐陽夏候諸葛聞人東方
赫連皇甫尉遲公羊澹台公治宗政濮陽淳于單于太叔申屠公孫仲孫轅軒
令狐鍾離宇文長孫慕容鮮于閭丘司徒司空丌官司寇仉督子車顓孫端木
巫馬公西漆雕樂正壤駟公良拓拔夾谷宰父穀粱晉楚閻法汝鄢涂欽段干
百里東郭南門呼延歸海羊舌微生岳帥緱亢況後有琴粱丘左丘東門西門
商牟佘佴佰賞南官墨哈譙笪年愛陽佟第五言福趙錢孫李

意識的型態

吾—我
你—汝
彼—他

林秀赫

二〇一七年八月九日

滅絕的生肖

林秀赫

珊瑚裸尾鼠
歐洲原牛
里海虎
哥倫比亞灣迷你兔
泰坦巨龍
雷蛇
擬斑馬
加拿大荒地盤羊
巨狐猴

~~塔希提島紅嘴秧雞~~

~~聖約翰水朮~~

~~姬豬~~

作者簡介

林秀赫

出生於一九八二年，國立臺灣師範大學國文學系博士。二〇〇九年博一時加入噴泉詩社，亦為電子社刊《海岸線》的作者之一，並曾獲獎二〇〇九年噴泉舉辦的師大一行詩徵文比賽。研究新詩，創作以小說為主，小說曾獲臺北文學獎首獎、全國學生文學獎首獎、吳濁流文學獎首獎等。著有長篇小說《嬰兒整形》、《老人革命》。

天堂的流雲

謝三進

因為鎖的成形
神才把天堂
煉成一把鑰匙
（需要開啟的人
就開啟吧）
卻依然圍起了封鎖線——
懸疑，是廢棄的房間

印滿指紋
身為歹徒
你最兇惡的挾持就是
與自己對峙

殘酷是金屬的
時間也是
只有回憶曾經成為氣體
擁有不過
一個夢的燃點而已

離別是天堂
探出窗外的窗紗
你從鎖隙

看過雲
闔上眼睛
用餘生
培養影亂的地獄

二〇一七年二月

存去

謝三進

「所有試圖久留的設想，
最終都成為離開的理由。」

因為常去的遊樂園
不再提供小丑與霜淇淋了
於是我們聚集到廣場
開始投擲飛刀
與跳火圈

直到常駐的流浪漢轉告
一顆蘋果腐爛的過程
我們才明白升空的煙火
本來只是
黑色的粉末

二〇一四年六月

特拉法加廣場覆雪

謝三進

今日个雪是
昨日个雲
昨日个風吹
明日个異鄉

我佇世界內面
一枚鈕仔
是束縛

（此心時常離題
周而復始的繞行）

我个痛苦是我个藥
你咧躊躇
看我个眼神
煙飛雪散
就是詩

二〇一五年九月

曾經造訪的城市成為雪

謝三進

形狀已經不同
那麼多時間的雕工
街景變得精緻
被剝去的都是回憶

來不及認識的市民
代我替換街景
為一座城，覆上另一座
令我持有一個

絕版的記憶

多想找到熟悉一角
就算是因為奔跑
而不小心錯過的街口……地下道
低矮的橋墩告示牌寫著：
「小心碰頭」小心
碰頭，偶然見到的
都是雪意

二〇一七年二月

除霧

謝三進

當美夢於眼前
燃成飛灰
不要死心相信
這是一場世紀大火
要說：「這是此生難忘的日落。」

要說這是對分的麵包
撕開是滋生，不是創作傷口
要相信生命的即席寫生

鋪底的不是紗布，是雪
（將融……）

二〇一四年七月

作者簡介

謝三進

一九八四年生，師大國文系、臺灣語文學系碩士班畢業，師大噴泉詩社第40屆社長。在校期間創辦師大校園詩刊《海岸線》，並組成跨校文藝社團「波詩米亞文藝工作室」。曾任然詩社社務委員、《風球詩雜誌》總編輯、「秘密讀者」同仁、創世紀詩社社員。著有詩集《花火》、《假設的心臟》。

早餐

曾映泰

早餐，
阿媽給我一碗滿滿的稀飯
昨天剩下的，有夜的味道
白白的吻仔魚們趴在一起
發呆，懶得泛舟
和我不一樣

阿媽笑說：牠們都死掉了
只是好奇以後長大的樣子

我以空洞的眼神發問——
死了還會長大嗎？
為何和阿祖不一樣

牠們長大後，不那麼白
有了兩百多種掙扎和過去。
我出海尋找那種一致的顏色
緊縛海洋，我的豐收
讓我曬得有點黑
牠還在瞪著人。
卻並不親吻

若干年後的早餐，
阿媽仍給我一碗滿滿的糜，

每次都問我，
「呷有飽否？」我有點尷尬
假裝還有點醒不來的懵懂
想告訴他白魚們其實不那麼白
牠們甚至沒有初吻。

二〇一七年七月二十一日

流星

曾映泰

我在遠方
掏出
太陽
悄悄地焚斷二尖瓣膜
讓　牠
　撞
心　破　臟
　　。
當世界舉頭仰望

月色，逆流
燃燒的人灑落
大地，低頭
看到一隻
野生的　光
不停地
奔騰、
奔騰、
奔騰、
奔騰、
奔騰、
奔騰、
奔騰、
超越光陰的弧線，以及
對大地的
重擊！
去參加

春天的葬禮。主角
是你。所輕撫那
困藹未知
的美麗軌跡也因此
逼我從走一遍
如此偉大的航道，和瘋狂
踰矩的心反覆角鬥。

二〇一六年八月二十一日

恐怖份子

曾映泰

他們認真上國文英文練習偽裝
他們認真在物理化學蒐集配方
甚至有人舉報，他們在秘密的網路上
鑽研個人生命社會結構的脆弱之處
罪證確鑿：他們是恐怖份子

絕對是恐怖份子。恐怖份子
的手從早到晚都是抖的
的臉對有權力的人總是猙獰

的話都超過能力顯然是野心

他們被逮捕的前人總說：
需要有人為自己的生命負責
隨手就撕開了給未來的保險
從來沒有給社會選擇
爆不爆炸的權利。

二〇一七年八月十四日

你好

曾映泰

佮自己糊底眠床曝焦
天頂久無看見ê朋友
無話倘講，無一回頭

戴一串素珠降世嘴內
燒心ê替齒，咱ê聯繫落 tī
佗位？我往井追問
性命中ê空洞　攏無回音
一日睏前才發現

搐痛

生出一粒掛念
teh 磨滅
各種觸根

把自己塗在床上曝曬
天空久未見面的友人
無話可說，無一回頭
戴一串素珠降生嘴中
焚燒的乳牙，我們的聯繫掉在
哪裡？我朝井追問
生命的空洞　沒有回音
一日睡前才發現

搐痛

長出一顆眷戀
研磨起
各種齟齬

二〇一六年十月

作者簡介

曾映泰

一九八七年十一月十九日生。噴泉詩社第48屆社員，49屆創作股股長，50屆社長。曾任教於國中，現就讀於國立臺灣師範大學臺灣語文學系碩士班。多向人類以外的事物學寫詩，但沒得過幾個獎。習慣寫給愛情，寫給人類社會，寫給身邊的人類，希望他們重新成為人。曾經編過幾本書，目前努力將文學結合桌遊中。

一九九一年～二〇〇〇年

初戀

石佳玉

星翅點點
噘唇尋蜜
生諱
夜香翩翩
重瓣隱甜
疊繞

瞬以
為觸
時
你開了
我開了
園外　悄悄宵宵
關上了

拋棄繼承

石佳玉

習慣房東數完鈔票吟笑的樣子
習慣房東撐傘時喃喃押金該怎麼處理
習慣房東探頭喊弟弟你叫他不要再躲囉
習慣腳步
沉重又
不得不面對
的槍戰
作為消極抵抗
我把羞恥的子彈

縫在左心室　等蟹足腫增生
就一次矗立跳著血跡與土跡的碑園說
這裡死過人啊
你想租　也租不出去啊
不管是誰也租不起啊
你得趕快
拋棄繼承啊
快啊拜託啊

作者簡介

石佳玉

一九九四年十一月二十八日生，噴泉詩社第50屆社員。師大英語系。喜歡設計、劇場和文學。本人是狗皮貓骨。

空心

趙于琁

你說
滑的是寂寞
在無數個夜
滑呀滑　滑呀滑
幾顆心　幾隻大姆指
不是每個人
都喜歡肯定
喜歡的就喜歡
空空的　就沒有顏色
顏色　是橋　是心臟　是與人的管道

秋

趙于琁

沁涼的西風
輕輕的　輕輕的來了
化解了夏日酷熱的心扉
一絲絲颼颼的風
悄悄的　溜了進來
驟然
喧賓奪主的強佔地盤
成了不講理的　冷冽
崁在夏冬之際

並綻出枯零的色彩
綴亮了四季之美

幻影

趙于琁

皎潔的明月高掛
於混沌未鑿之際
一抹微笑是夢魘的針
它不時戳破幻影
不時的在旁竊笑
輕訴著　我的不是
因此　我必須脫離
脫離這桎梏的枷鎖
解開心中一切束縛

並暢開心胸
迎面未來　種種挑戰

作者簡介

趙于琁

一九九四年四月二十二日生，綽號是cos（餘弦定理），噴泉詩社第50屆社員。喜歡到處吃到處旅遊，尋找靈感以及生命中的美好的事物，也喜歡畫畫、唱歌、詩歌朗誦……等等。

康書恩

沉淪

C，這是最不利的局面了
鳥兒不歛翅停駐寧可選擇匆匆離去
煽動花季無限延期
海和月光正以你無法想像的欲望在末日漲得飽滿
在不易覺察的靜態間　逼近
瞬間流失
因為未成形而確實消逝的緣故
我不是有意聽見

落葉染紅耳垂下滲全身
故意忽略思念流過臉頰鎖骨乳房臂彎鼠蹊蛇一般竄向腳踝
你不懂
任憑虛妄滑入熙熙攘攘的空巷

像輪迴
日子與日子連夜蒸散
又凝聚
然而我必須告訴你
你有你的故事我有我的他有他的
於是我們交疊
在張弛的陰霾下摩蹭軀體相互撫觸彼此的快感
沒有間歇地翻騰多呻吟些我們的愛染原罪蛇和聖經中數字七的換喻
啊奮力將你的一切在我眼前急著展現我都聽見看見你，和我

此刻我們是不是祈禱下完美的戀人完美的姿勢
是不是
幻覺裡的日記唇膏對戒舌吻愛撫困惑空虛沉默淪陷死亡　死亡

假設死亡。

C，這該是最末一次
我們熟練且悖逆地淋漓歡愛
雙唇緊閉看欲念去來

堅持慘澹不死。

二〇一三年五月

你已誤觸我的敏感帶

康書恩

每條褲底都有神諭存在
熱辣之後，日常縮回各自的
器官，開始學會胃痛、心律不整
時間扣緊褲頭和口袋，皮帶
繞行夜一般漫長的港灣

有些事如螻蟻般不安，磨合為鞋底
軟弱的部分。踏上足跡未乾的沙灘
腳趾頭褪去舊皮滑出溫柔的小刀

輕輕刺進安分的礁岸，戲水時
泳褲又為了暴力緩緩裸開

也許海面為床，卻不具好夢保證單
月光蓋過頭頂還誤以為你在道晚安
欲望濕成大片海草，沿髮茨向胸脯纏繞
水蛇盤桓失溫的肢體如過期的保險套
褲檔裡盡是傷人的技巧

有時我褪去衣褲為青春煩惱
站在鏡前，短小的指涉無可救藥
像車過幽暗的隧道，回聲穿越
不明的邊界，途經深不見底的夜空
記憶重新安裝上路：一切安好

黎明時看到海線，衣衫更寂寞
一邊拍打波浪，一邊風乾成鹽
如果憂傷溶解，在潮濕的語氣裡
那些卑微的傷痛會不會和你
遺失同一件錯誤的褲袋？

每條褲底都有神諭存在
讓不諳現狀的人易於青睞
熱辣之後，時光扣緊褲頭和口袋
掉入另一人徒勞無功的敏感帶
神就窩藏在我們各自
難言的器官……

二〇一四年八月

黃花：1911

康書恩

歲時如你在方格囚步
刺痛難行。七月
南方溽暑而旱的市鎮
人群相繼暴虐橫斜；
一株黃花在豔陽下烈烈
焚燃，它正色的漆料
猛地剝蝕——

（剝蝕。就要眼見

素面哭泣的妻子；
歷史的地面開始
焦灼……）

滿地篝火燒毀家屋
大焰兇猛的時代，你儼然
暗伏香爐的狻猊
在烏煙霧靆的景況
以金睛火眼鍛造
烈士之意象，鐵之心志；
你踏遍乾裂的焦土
城內於是富饒地綻開
一簇簇傲骨的黃花

（坊巷縱橫，石板鋪地
而今我獨行於
古街其上，隱隱有人
點菸，燙傷百年
重疊的太陽……）

注：家居福州三坊七巷的林覺民，眼見清廷腐敗、早生革命救國之志，後加入同盟會。西元一九一一年四月，福州、廈門響應廣州起義，覺民告別懷有身孕的妻子和年邁的父親，手書《與妻訣別書》和《稟父書》，投身革命，卻從容就義，成為「黃花崗七十二烈士」之一。

二〇一五年七月

意識的臉譜

康書恩

獨獨穿越陌生的甬道
逆行的班次，驅策前往
無神居處的城市
過於擁擠啊且潮濕
腹地上眾人手持鮮花
眼角垂掛四個黑色
憾死的夏日
眼神凝結為鈍器
偶然閃現金色的光影

黑夜該讓誰守護
此時陽光細碎
折射數萬個意識的
臉譜，他們細細的紋理
繞行逆向的班次
如流年，橫渡陌生
無人存續的甬道

銹蝕的牆壁
終究是花束凋萎
斑駁整個城鎮
鈍器般的死寂

二〇一五年二月

雨時未竟

康書恩

春天在雨時離去，像夢中
失神的眼睛。情緒抵達六月
大片夢想淋漓，風輕吹而過
秧苗漸次轉綠，還在乎穩定的秩序

始終是過熟的生態、博奕區
我們必然得降低姿態，默認
豪賭的天性：談論城市與野地
將異相畫分至同一災區

天空像是記憶的殘影，你將憂鬱
留在多情的海面。淚水結晶
原來寂寞可以是座聖潔的燈塔
和遠方的絮語相互輝映

也只是耽溺於形殊的字音
面對愛情和蟲唧，執著於
遲疑未決的天氣，該捨得或
捨不得，水蛙唱鳴時斷時續

行過不再發光的路面，我彷彿看見
童年時便預謀好的失樂園
日光恣意操弄微小、瑟縮的片影
石牆斑駁成癮，如枯葉般墜地

日落了。表情下垂成為古蹟
有時我們將謊言重現戰地
沿著坑道走進更多災區，待天黑
流放數不盡的傳說和秘密

有時，我們遺失聽力
流連在各自轉過彎就要哭泣
的陰影，不願繞過悲傷潛伏的暗壁
南下的雨點搖晃不安的夢境

夢境纏綿，伸入花崗岩不朽的岸緣
險礁堆起千層浪，壓過我們
躁動的頭頂，時光挪移
我們再次變成暗礁上失魂的雨具

應該尚有一些迷惘，夕照游成魚
滑入未知的海底。雨時未竟
耳朵撐起整個夏季，空空的心音
敲打滄桑的岩壁，深奧無比

怎知多年後，雨季會放任故事告老
最終無人逃離另一個結局——
我們依舊獨守在岸邊，等待
隻字未提的訊息，和蹉跎的語境

或許天黑正是懼怕光害的年紀
藻類也矇起眼嗚嗚哭啼
就讓我落下熟稔的藍色淚滴
在日子與日子的遠方慢慢結晶

如果春天還是得在雨時離去
我必然夢見你失神的眼睛
始終是過熟的生態、博奕區
秧苗漸次轉綠，還在乎穩定的秩序……

二〇一四年八月

作者簡介

康書恩

一九九五年生，臺灣花蓮人。逐漸明白生活是為不斷辯證，時刻擁有更新穎的説詞與假設。國立花蓮高中畢業，臺師大國文學系百六級。曾任師大噴泉詩社第48屆社長、第49屆顧問長；《詩生活》現代詩報創辦人暨發行人。現為太平洋文藝營營隊總籌及授課講師。曾獲臺積電文學獎、師大紅樓現代文學獎，並著有詩集《潮海印象》。

我的害怕

HRM

原本所有事物都沒有特定的意義
直到一切中性都切換為 trigger warning
原本大不了的、無關緊要
取而代之成為
驅使那因懼怕而逃避的本性

結痂

血汗淚已經夠多了
累了 不想再戰鬥了
可以開始療傷
抬頭看清眼前的風景
讓自然溫柔的撫平一切

我們不是忘記
而是釋然
也喜歡當下的平和
我們都有自己的病歷表

HRM

na zu na

擁抱時想起那片寬容的海
有你不顧身奔跑的身影
踏過浪花飛濺的岸邊
降落海平面的夕照
將你的輪廓融化其中

海潮的香和涔涔汗水
熾熱的照射
形成光的毛邊

HRM

啊啊
時間過得真快呢
打上花火的燦爛
和手持花火的絢麗
都不是我能掌握的

一時間我失明也失聰
卻依稀能感受到你的溫存

你告訴我

你對我說
要不抱任何期待去愛任何人
在我要去海邊度過一天前

看得到北海岸的沿途
思考你告訴我
不想受傷卻事與願違的矛盾
這讓我感到絕望

HRM

所以我想我會在海邊待上不只一天
有可能住在燈塔上一生守望
也有可能就這樣安靜地死在海上

不錯吧
至少再也不相見了

浴室

混水泥牆下
是光華圓融的磁磚
倒映光影一切
也包括　汙濁的我

牆上似乎還僅存一點
氤氳後溫存的水分

在夢裡我們不擅說話

HRM

對著你模糊的臉孔
我只能持續地注視著

作者簡介

HRM

一九九六年生，噴泉詩社第50屆社員。喜歡漫畫和音樂，喜歡對白的空間，常把喜歡看得太重。為什麼創作，因為我想和你說話。目標：成為鏗鏘玫瑰。

我擁有了兩歲的記憶

李嘉恩

睡如果是進入
隱密的兩歲的記憶
我將旋轉入眠
像路過某個悄悄話現場
只能舔食麥芽糖
不得顯露寓言的殺機
並且禁止餵養
孤獨老死的動物園大象
此類不那麼必要的事

跌倒通常象徵過去的幸運
兩歲的記憶充滿水分
沒有人爬得起來
只能坐在地上
把錄音帶捲得啞口無言
如此一來警方人贓俱獲
我是自己的小偷
無人辯護

夏日廢棄

李嘉恩

某些時刻他愛我
某些時刻我是袋子
走路安靜
某些時刻消音
無話可說衍生多餘
剪髮不可俐落
某些時刻質疑花灑
水冰冷或是溫熱還是會回到
本質的問題。

解答傾向流浪貓
電線桿充當身份指標
你如果你沒有見到
你寧願不要見到
某些時刻蚊子離去
手指隱蔽尾巴現形
黑點的光
除了頭暈我想不到別的
譬如蟬鳴，或濕的風景
乾燥很卑劣
因為一切安排妥當
無從選擇可能是
貓在看你
也或許是路邊公車不停

一個人曝曬
腳旁是空扁的汽水罐
沒有人願意點菸
某些時刻只是如此
某些時刻他其實真的
愛我

作者簡介

李嘉恩

一九九六年十二月三十日生，噴泉詩社第50屆社員。

相信必須時刻保持不清醒，才得以繼續呼吸。

同樣多餘

謝淏嵐

今日不外乎一個沒有風雨的日子
而少了一次招呼
無視了一對目光
揮發了一瓶白醋
忘記了一個回憶
平淡了一條般咸道（注）
模糊了一間自修室
失去了一座寂寞的城

抹掉了一句多餘的廢話
刪去了一串同樣多餘的回答
失蹤了一個總是笑的人
丟下了一輛電車
遺留了一張臉皮

乾燥了一點風雨
不見了一些日子

注：般咸道為香港街名。

作於二〇一四年二月二十二日

作者簡介

謝淏嵐

二〇一四年加入噴泉詩社，翌年選上第49屆社長。來自香港，我的鄉愁沒有船票郵票墳墓和海峽，只有強烈的厭世。不怎麼讀詩，也不怎麼寫詩，思維也絲毫不浪漫，大概只有喜歡喝酒這一點比較像詩人。唸的是歷史，寫詩寫文章都寫歷史，連臉書po文也是歷史，只有本人還沒成為歷史。生於一九九六年九月，當過女皇的子民十個月，現為無處可去的難民。

謊言

陳彥融

原來春天
從未承諾一瓣預兆
那一天剝落，入土之後
我不曾安睡

你暈開的琴音
今日子接連滅頂
過去凡是低窪凡是
反覆著窒息

像一次就愛上了所有
所有失誤的落地

無解的風向終究
偷偷擄走你年輕的瞳色
望我不及的遠方
燦爛去了

光影

陳彥融

一、牆

在你新漆的那面
成為一隻甘願的蒼蠅

二、背

住進你拖行的瀝青裡
把每一支火柴刷壞

三、紙

該如何冷靜的
一旦沁光，你五官漫漶
成荒

四、髮

尾巴猶勁之處，你倏然提筆
騷動的空氣
如今還在結局乾吼

五、冰

被你注視地燙著
輪廓燒焦，剝落有聲

註定模糊的臉

六、瞳

你張起無懈的圓、生硬的傘面
拒絕濕掉，讓彩虹中途斷裂

七、鏡

舉燈，你的器官無一倖免
逐個亮起來，直達那張玻璃背後
有人習慣晦暗與沉默

八、腔

怎生來風
穴居的息肉

潰瘍成不斷擴大的
美夢

九、衫

熟習你的凹凸
脫去後忍住
不為了抓牢餘溫
把自己弄皺

零、我

你身上所有畏光的洞
和過曝的其他

熬

陳彥融

三、癢癢

摸黑、摳摳鼻屎
手指在耳朵裡
繞繞迷宮

刮刮牙垢
剃剃想說
但彈指就失蹤的字

搓搓腳趾挖挖肚臍
搔搔想你的器官

作者簡介

陳彥融

一九九七年生，噴泉第51屆副社長。正在為實現詩的社會貢獻，努力讀寫。

報應

丹皿

感覺自己就要死了
才發現死亡始終是太僥倖的事
你是不堪的人
沒道理躲過命運的縫隙

你在害怕睡著的夜裡
開著燈
卻照不見自己
你躲在棉被裡

卻已經無力哭泣
像是悲傷
還來不及出現
就已經被宣布結束
和你的人生一樣
沒有起始
卻不斷出局

你以為自己能是氧氣
被風帶到各處
讓人們呼吸
但你只是太重的濕氣
下了場大雨
淋濕城市裡乾燥的美麗

你厭惡自己
像人們厭惡你
可是你沒有辦法改變自己的成份
於是逃離不了自恨的命運

你殺死了自己
卻殺不死悲劇
它們一遍遍折磨著你的身體
讓你復活
然後絕望得無法死去
你才知道有些人活著
就是在接受報應
儘管他們從未要求生命

多餘

丹皿

那些沒有出口的字句
沉重得連風都吹不動
只好對著鏡子
一遍遍說給自己聽

我愛你
我愛你
我愛你

說了再多次
仍舊恨自己
仍舊愛你

真相

丹皿

你始終沒有好過
不可能好的
怎麼好

在你屢次以為看見光的時候
提著燈的
都是死神

最美好的一天

丹皿

我們光著身子
牽手在路上行走
等紅燈的時候
你親吻我
我們不覺得羞恥
也不被人注意

在豔陽裡
我們走進一家蛋糕店

你指尖的糖融化在我口中
我們啜飲充滿奶泡的咖啡
拭去彼此嘴角的痕跡

黃昏的時候
再一起走到海邊
看著夕陽緩緩溶進水裡
世界換上漆黑的寧靜
我們沉默抬頭
等待星星亮起

夜晚的海輕柔呢喃
溫柔的浪摩娑腳邊
我們決定去踏浪

光著身子　牽著手
我們頭也不回走進海裡

作者簡介

丹皿

世新大學廣電系學生，一九九八年生來浪費氧氣，現為世新電臺主持人，在詩社擔任什麼都不會的廢物社員，詩齡三年，作品曾獲臺灣文學營創作獎、高雄青年文學獎，及收錄於各詩刊。在噴泉詩社待了一年，與其他社員們同甘沒有共苦，卻產生革命情感，已被歸化為半個師大人。人生目標是理所當然的無所事事，正在努力朝目標邁進中。

酸的美學

李昶誠

葡萄與硫酸
一滴滴從指間溢出
腐爛腐蝕　無生機
將自己放在木桶內
盡情扭乾搾汁
作二十年後妳婚宴的美酒
供席間賓客愉快暢飲
又留下些許
注入鋼筆
讓我寫下這首詩

小小的死亡

李昶誠

咬著早餐的枯萎無機太陽我忽然察覺
小小的死亡住在時鐘刻度裡
每一格至少一個
例如缸中的魚兒
某天愛上水底的自己
久久不再浮上水面
在水底鏡面上做永遠的愛
又例如手機
久久沒有大聲高呼

提醒我某人思念
抱擁著激情過後的對話框入眠

小小的死亡復活無定期
有一些不需三天幾秒即可
例如微波食品例如嗯嗯對啊
有一些
不止三天
必須花光一生

旅人

李昶誠

旅人手握單程票
選了靠窗那一排坐下
列車經過昨日小鎮
明日花早已盛開的那個月台

旅人起身下車
動輪卻不再停下
車廂中　跑馬燈一串亂碼閃爍
吊環隨著前方鐵軌

搖擺失序
無法攙扶旅人那巨大的孤獨
旅人失重倒地
握緊手中的單程票
抱頭痛哭

窗外風光明媚
旅人的風景被輾碎
遺留在鐵道上

肥皂

李昶誠

將泛黃的村上春樹
在東京街頭還沒離去的那些我們
毛衣上你留下的餘溫
還有第一次看的最後一次電影
通通壓縮成方塊
佐以流水使勁洗刷每一吋
每一吋凹凸凹凸
用泡沫用力填補每一個
空洞

讓那被留在坑洞中的味道
告訴自己可以出門

作者簡介

李昶誠

一九九八年二月四日生，筆名永日，噴泉詩社第51屆社長。認真瘋起來可以非常無底線的水瓶座。生於香港，現居永和，正半放棄地尋找自己的身份認同。臺師大臺文系二年級生，喜歡夏宇，認為如果有天能看到她本人就死而無憾。希望可以跟大家輕鬆愉快地聊文學，也希望能跟著大家一起進步。

半夜洗衣

林玉昕

凌晨
軀體靜止於時間
在沒有關燈的暗處
只能觀看
想像一則對話
可以安撫
搖晃而私密的騷動
常常穿的那雙拖鞋

看著
發皺的衣物
抽離或是攤平
正在受浸
為了傳說中的重生
硬生生的脫去
令人懷念的污穢

衣物最後被撿起
也不需要告知什麼
走吧拖鞋
都過去了
一切都變成
新的

作者簡介

林玉昕

一九九七年九月十二日生，臺南人，噴泉詩社第50屆社員。現為華語系系學會會長。洗衣服可以想到詩，種豆芽菜也可以想到詩。偶爾寫詩，寫其他東西，但更多的是寫報告。

一日

黃媤婷

今早，將睡眠攤開
在信箱裡翻閱你的蹤跡
空空的 好好的
如當初我們未曾相識的樣子

午後，將慵懶留下
腐朽的發霉的泛黃的都一一
於陽光下曝曬

傍晚，將腳步放輕
徘徊於路燈下
與小狗說話
說些祕密情話

夜晚，將思念蔓延
屋頂上長滿一片草原
散落一封封信件
酒瓶與菸盒
都將遙寄至外太空
旅行

一日有你
一日不能沒有你

抽

黃媤婷

曾經無法理解
那明滅之中，隱藏的神祕模樣
遇見你之後
於一吸一呼的瞬間
吐出最沁涼暢快的爽

最終
你的記憶化作懸浮微粒
燃不起，我們

那些在雲裡霧裡奔逃的日子
你都還好嗎
可以痛可以緩慢的
抽離不屬於我們的哀傷

於是
可以鼓起氣力
撇開模糊不清的關係
就在悲傷裡
去熄滅更大的悲傷

獨

黃媤婷

躍過青石街
翻過紅磚瓦
踩過鋪滿碎石的小路
溫煦陽光
鑽進巷子裡的千百種日常
獨，脫離人群
哼著歌
跳著舞

吹口哨
唯有風
靜靜陪伴
就好

作者簡介

黃媤婷

一九九八年七月五日生，桃園新屋人。噴泉詩社第50屆社員。現就讀於國立臺灣師範大學華語文教學系學士班。喜歡動物，特別是狗；愛好美食，一點都不挑食。喜歡在詩裡踩踏虛浮不可捉摸的影子，讓它們匯聚成光，成為我、成為你，變成我們。

失明的太陽

劉彥汝

做一株挺著孤傲背脊的水筆仔
看潮起潮落如何吞下滾燙的黃昏
從燃燒的河口餘暉中
挖掘孔雀藍色的漁夫和他獨眼的船

淡紫色的眼淚是苦楝拭去的
流浪的背影是夸父遺失的
落日脆弱的心臟是
我的

夜鷺撞碎奔騰的晚霞猛然躍起
慌亂之中我不小心
把失明的太陽推入海河交界的隙縫

蜂群崩壞症候群

劉彥汝

那是在第一隻蜜蜂死亡的瞬間
屍骸包裹在盛開的芬芳之中
悄然無聲地睜開了雙眼

被無知附身的咸豐草迷失了方向
掉落的蘋果和過熟的櫻桃
被路過的螞蟻排成心的形狀

擴散的城市揉碎春天

的臉龐
露出比冰川自焚還落寞的微笑
成全蠻橫的文明強吻純潔的雲朵

在明天抵達之前，喝下
稀釋毒藥的槐花蜜
在燦爛
完全崩壞之前

夢遊

劉彥汝

讓自己躲藏
躲進詩和酒的胃裡躲進
潮濕被思想家豢養的洞穴
男孩、女孩
都跳進憂鬱的四重奏　中毒感情
埋葬記憶在嘔吐的時候
在醉生與夢死合唱時低聲交換
彼此的唾液

把過度的痛楚雕刻在香火上
渴求燃燒
燃燒迷路的夜晚
我會假裝沉醉，在風中
無視背後長出的貓頭鷹翅膀

智慧沸騰被煽動
撕裂所有搖擺不定的
影子，低頭跪在被太陽撞擊的裂縫
一個翻滾就掉落
掉落天上的星星月亮
於睡夢邊緣擱淺
夢遊者清醒猛然睜開眼

目睹了純潔的
流浪漢送摔倒的隕石回家

作者簡介

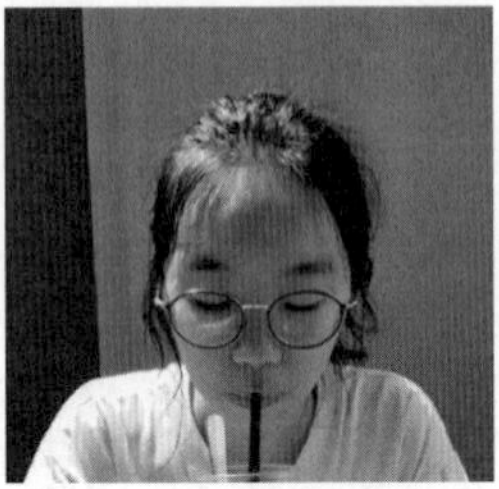

劉彥汝

一九九八年一月四日生，噴泉詩社第50屆社員兼寫作協會社長，歷史系大二。喜歡讀詩、寫詩，喜歡放空、喜歡做白日夢，喜歡感性、喜歡少女心。

突然的事

王柄富

還是會執著一些沒有選擇的事
無從收拾，像闖進窗戶的飛蟲
比如醒來，從好長的夢裡
夢那麼可疑
從我這裡往你那生長的空白
每次收縮都期待會開出什麼
痛楚的枝幹種種
反正不會是花

只有回憶可以那麼從容
前幾個季節還在躲你
幾個鐘聲以後
你就在傘的另一邊
好像也是那天才開始下雨

關於時間也不能隱瞞的疫情
果子重了就掉落，清晨的大雨打謝
滿樹新放的山楂
無從收拾
無從告別

自卑

王柄富

養一條狗
很醜的狗
住在有海的地方
沒人的海
只能有自己的心情
所有的眼神都拋錨
偏離原有的航路
思念跟著海鷗海風
每次兜一圈又回到自己的港口

鏡中的少年就更薄一些

無風的下午
我會帶那隻狗出門
牠問我幹嘛
我說你那麼醜
不帶出去給人看看
養你有什麼意思？
狗笑了
牠幫我繫上鍊子
帶我到海邊

海邊沒有人
我也笑了

我看見那些海鷗
在冬雨裡又飛了回來

有時候我想你

王柄富

有時候我想你
是不懂我的話的
別把我送的蘋果
和他們給的石頭
放在一起。
石頭不明白所謂的腐爛
就像蘋果不能理解永恆

那麼當

我用力掩住眼睛
把自己拋向你
你願不願意接好
像接住一顆蘋果
那麼誠實

以後

王柄富

分開以後的人
他們就沒有以後了
那些你丟我撿
關乎愛的攻防
都要停在這裡

有一天貓會玩膩這種遊戲
毛線球再也不為了誰滾動
鋁箔包的果汁一輩子

也不能變質成酒
再多的糖和渴望都是徒然
他說以後會為了你戒酒
他在騙你

在瓶子裡，寫詩給花

王柄富

藏起花兒的牧童啊
我終於睡著了
在你的瓶子裡，從此
就算聽到你們從水邊離開的腳步聲
就算看見夏天的蜻蜓辜負秋天的魚

就算我想不起那些被你抽走的花
睡著之後都無所謂了
只要在你的瓶子裡

就能跟他們一樣
遇見你十八年如火的花期

作者簡介

王柄富

一九九九年生，噴泉詩社第51屆社員。素食者，標準處女座，但只有精神潔癖，覺得在混亂的地方更好睡著或寫詩。高一下應學長邀請加入了中和的藍瓷詩社，以筆名王徵開始寫作，也就是二〇一五年開始寫詩。在此之前對現代詩完全沒有畫面，詩齡兩歲。高中畢業後進入臺師大國文系就讀，成為噴泉詩社的一員。詩種偏情詩，但沒有寫得很好，也沒有交過女朋友。

例行公事

林宇軒

假裝自己是空屋
每天填入一點時間
讓窗在各色的回聲中
學習獨白

如果窗外有雨
要相信雨後有彩虹
自此之後天天天晴
再也不用擔心傘痛不痛

每天按時提醒自己
活著，像河水踏青河岸
像天空面對老去的河
要學習陌生

看不見光時
要記得倒空自己，相信
每顆星星都是新的
每個人都有一扇窗可以
許願，做一個真空的夢

月台

林宇軒

剪斷與母胎的連結
離開，尋找新的覓食處
初生的幼獸在此等待
彼此交換腳印與地圖

有些情緒不需表達
像記憶，像瑣碎的行李
太難打開也無法打包
一個個送入車廂時

不用開心或關心

列車即將離站
請依序與車窗揮手
把微笑贈予闔上的門
看著上揚的車廂與車廂
與車廂與車廂呼嘯而過

遇見貓時你該說的話

林宇軒

第一次見面要先打招呼
可以說嗨、早安或你好嗎
（為了表示友善，別忘了附上一張笑臉）

如果熟悉彼此了
（也可能是你一廂情願）
可以開始模仿他的語言，例如：喵嗚。
（這時他可能也會喵嗚，或者不說話）

他靈敏的耳朵可以聽見所有秘密卻
常常忘記，你說
你喜歡他的微笑
（他的尾巴蓬鬆，像
任何一枝你看過的棉花糖）

你看著他圓圓的肚子
他不說話
他眼睛發光
你問他多久吃一隻魚
（你曾在學校旁的魚販看過一隻靈巧的貓）

他開始不理你了
別慌！試著抱抱他

想像他是一隻乖巧溫順的羊卻
無人圈養

比起你會離開嗎
最好用更簡單的問題探詢，例如
你要走了嗎
或
你會回來嗎
（直到往後的路上，你知道他再也不會受傷）

旅行

林宇軒

在啟程前
要先學習迷失：
在地圖上找不到陸地
背包裡找不到地圖
在越走越長的路
分不清鞋子與自己

最好能簡化世界
爬不到山頂

就把山挖開，挖不開山
就站直，成為山
在太高的地方
別對燃燒的石頭祈求願望
有些信仰太稀薄
只能向許願池購買

直到找不到歸途
才知道回家也需要練習
像生病是練習死去
寫詩，是練習活著

冰箱裡的一個東西

林宇軒

暗室裡不用分層設色
雞蛋是黑的，魚是黑的
不在嘴裡的都是
黑的，只有代罪的羊肉獨白
牠和牠沒說完的話
還想長大

為了避免變質
保存期迫遷到地平線

日落以前，所有傳言都是
新的，像遲到或早退的潮
消失在哪塊浮冰底部
也沒有人會在意

看不見光時，我們守夜
確保羽毛仍在
知更鳥仍在
明日仍會有早晨
太陽不必縮回一顆果核
我們再也不用冷藏自己

腐不腐敗都沒關係了
在停止被搪塞前

我們不過是冰箱
開口，只為了任人取用

作者簡介

林宇軒

一九九九年生，噴泉詩社第51屆社員。現就讀國立臺灣師範大學社會教育學系，詩作選入《二〇一六臺灣詩選》。第一次參與噴泉詩社的活動是蘇家立老師主持的模擬文學獎。很喜歡噴泉的氣氛和互動模式，祝福噴泉詩社走向下一個五十年。

肆、匯流噴泉

噴泉詩社事略

曾映泰（噴泉詩社第49屆創作股股長、第50屆社長）

格律的細流

一九五一年，紀弦、覃子豪、鍾鼎文等在《自立晚報》創立了《新詩週刊》，這是戰後臺灣第一份詩刊。同年，邱燮友，和國文系班上幾位同學組成「北斗」詩社，並且編了班刊；在一九五三年更擴大籌組了全校性的「細流」詩社，並推舉同學陳慧為社長。社友包括當時全校的一百零七人，但以國文系成員為主。期成員有陳慧（陳友睿）、童山（邱燮友）、周何（小河）、戈壁（楊昌年）、龍良棟、蜀僧（曾厚成）、方祖燊、鍾露昇等人。以班級為單位輪流主辦出刊，每月一期，手抄的詩稿就張貼在「文化走廊」。這可說是臺灣最早的校園詩社，也是噴泉詩社的前身。約與紀弦創辦《現代詩》（一九五三）同時，還早在覃子豪、余光中等人創辦《藍星》（一九五四）、張默、洛夫、亞弦創立《創世紀》（一九五四）之前。

其新文藝的思維養分，主要來自於當時教授現代文學與英美文學的謝冰瑩、梁實秋。當時活動形式是定期舉行創作討論會，並在每學期末手寫壁報發表，陳列於師大本部的文化走廊兩側供來者品評。細流詩社的詩風多溫婉清新，寫的是「豆腐乾」，以整齊的段落、雙數句押韻來表現一種類古典格律特色。這多少反映了五〇年代台灣大學青年對現代詩語言的想像，余光中老師此時期的作品《舟子的悲歌》也大致如此。從訪談資料可知，作品集結之詩刊，至少發行了十九期，可惜未留存下來。以後成員交接的狀況不明，所以據訪談資料推測，在這批成員結束大學學業後次年，詩社或即告停。

創作的大地

一九六七年九月復社後，更原名「細流」為「噴泉」，今年適逢50周年，這個記年也是從此開始的。社名取自校門口的噴泉，取其「水量滂沛壯觀，詩之靈泉，源源噴出」的意思。但現在改建成「水平方」噴不起來了，像塊仙草凍一樣，頗有點後現代的意思。創社成員有秦嶽、李弦（李豐棥）、陳慧樺（陳鵬翔）、古添洪、藍影、大荒、郭耀鵬、黃癸楠、黃璟華、麗月妝、高惠宇、洪冬桂、丁愛蓮、姚榮松及施快年等人，社長是秦嶽，社址便是設在秦嶽所住的學生第六宿舍1208室中。其中社員陳慧樺還先後活躍於台大海洋詩社、政大星座詩社等，以馬港澳及其他東南亞國家華僑為主的文學社群，這展現了五〇年代現代文學社群中「僑生」（這些人後來也多在台灣發展，故很難以「僑」稱之了）的重要性。

當時1至3屆的創社指導老師為余光中，第4屆開始至26屆，便由當年細流詩社的成員邱燮友、楊昌年擔任指導老師。同一時期，回到師大任教的細流詩社成員還有周何、方祖燊、鍾露昇等人。他們的文藝主張與《葡萄園》詩刊（一九六二）、笠詩社（一九六四）相似，主張詩風明朗簡白，重新連結傳統、關懷現實與本土，趨近於現實主義詩學。當他們走出校園，連結起當時的文化華岡詩社、星座詩社成立了大地詩社（一九七二～一九八二），更形成一不可小覷的文藝能量。與龍族（一九七一）、主流（一九七一）並立，可說是對於藍星、創世紀、現代派的反動。他們所創辦的《噴泉》共發行二十一期，持續至28屆左右，大致上以一年發行一期為準，有時候受限於經費需求，調整為兩年一刊。

其中留下了不少季旭昇、李有成、柯慶明等學院學者的作品。也許連他們自己，都忘了這段故事吧。今年十一月於紀州庵，噴泉的回顧展覽，都將會把這些青春往事一一呈現。

民族的聲情

詩社的創作風氣，隨著這批成員而興盛，也隨著他們的離開逐漸轉向朗誦的聲情藝術發展。一九七〇年，在第25屆聯合國大會上，驅逐中華民國的提案獲多數支持，加上釣魚台事件，國內因而民族意識高漲。故中華民國新詩學會常務理事王祿松邀請噴泉詩社社員劉墉、台大海洋詩社社長郭俊開共同討論，後由中華民國新詩學會舉辦新詩朗誦比賽，邀請各大專院校組隊共襄盛舉。第一屆大專院校新詩朗誦比賽，遂於一九七一年三月二十九日青年節，在國立臺灣藝術館舉行。參賽成員包括師大「噴泉詩社」、臺大「海洋詩社」、東吳「大學詩社」、文化「華崗詩社」、政大「長廊詩社」等，共十隊。第一屆比賽由台大海洋詩社奪下冠軍，然而不知何故，重達四、五公斤的詩人杜甫像獎盃，竟流落到噴泉詩社手中。也許隨著海洋詩社的解散，另有一段因由託付。

從朗誦比賽開始到結束，橫跨了社團的第4屆至第33屆，共計二十九年，佔據了詩社一半有餘的歷史。此時期以朗誦時代稱之，一點也不不為過。

走到第10屆，新詩朗誦比賽已步入常軌，朗誦在各大學的風氣也逐漸普遍，採取分區競逐的比賽方式。為了精益求精專研朗誦技巧，當時的社長楊燊烺（楊墨）便拍板，將詩社確立創作、朗誦兩組獨立而並行的方式。創作組如前所述，常常投稿到校外詩刊，與各社團合縱連橫，於七〇年代則大批加入大地詩社走出校園。如當初的細流詩社成員一般，轉型為老師，時常回來講座或投稿登於《噴泉》。而朗誦組主要負責出外比賽和表演。由於當時有全國詩歌朗誦比賽，校內甚至有院系朗誦比賽，所以很風光，大概跟現在會玩樂團一樣受人欽羨。這種二元分立的情況，使得兩組社課，甚至不在一起上，招生也是各自獨立的。這一段由興到衰的歷史，大約是全國校園詩社共通的回憶。

受惠於各屆師長和學員的積累，第12屆在「全國大專盃詩歌朗誦比賽」奪下冠軍、第31屆獲得亞軍。其餘屆數亦持續參賽不斷。

在第21屆，北區比賽中除了團體朗誦有第一名的佳績，在個人表現上陳麗明、許碧華亦分別奪下第一名及第三名。此年並創立「詩的N度空間」，成為第21~33屆之間的朗誦表演傳統。這可以看出，隨著生活中政治和文化氛圍的轉變，大專青年對文藝的想像與表現，也逐漸蓬勃多元。此期間有眾多為朗誦而生的比賽舞台，大小獲獎無數，然而記錄保存零散，難以盡之。從訪談資料可知，至少在最主要的救國團舉辦的全國新詩朗誦比賽裡表現一直亮眼，名列北區前茅，亦屬全國比賽常客。若以普遍性而言，此時的朗誦藝術不只是學生間的娛樂，同時也受到社會的注目，四處有表演邀請。第22屆時，更應華視邀請，於金鐘獎頒獎典禮中表演詩歌朗誦。並於國中舉辦暑期朗誦營隊，教導聲情技巧。在第38～46屆之間，更受聘指導過萬芳高中、仁愛國中、敦化國中、龍山國中等朗誦隊，並且不時受邀至各中小學學校演講。與仁愛國中的關係尤其密切，近兩年亦持續有講座洽談。

多元的挑戰

這樣濃厚的朗誦氛圍，也導致了以創作為主體的《噴泉》，在第23屆因應改成《水滴組曲》，試圖在以朗誦為主的環境中，融入創作的元素。

後來在第26、28屆時，詩刊積極轉向校外徵選，舉辦「噴泉詩獎」校內徵詩比賽，得獎作品經指導老師推薦刊登於《臺灣立報》，並分別發行《噴泉》詩刊第二十期暨「噴泉詩獎」得獎作品集《樹與果實之夢》，以及《噴泉》詩刊第二十一期暨「噴泉詩獎」得獎作品集《曾經》。向外突破的動力，除了多元的思考，也是因於朗誦傳統下搖擺不定的定位。

同時，與師範學校息息相關的師培政策，也迎來改變，干擾了社團風格的形塑。一九九五年，師範培育開放多元化，允許各校成立系所與中心。以噴泉詩社的經驗為例，此時期興於民族的聲情、蓬勃多元的價值、開放多元的制度，各種力量交互作用著，更進一步影響了創作、增強了詩歌展演的能量，但也削弱了朗誦的聲情傳統，戲劇性與多媒體的表現方式逐漸被重視。

在一九九九年，全國遭逢九二一劇變。一時舉國同哀，全國詩社以充滿生命力的表演凝聚共識，場面盛大。但是到了隔年全國性朗誦比賽卻逐漸消息，停辦不再。另一方面，在二〇〇〇年台北市又舉辦首屆臺北詩歌節，強調「哪裡有真實，哪裡就有詩——詩就是生活的本身」，這個主張清楚反映了一種有別於聲情的寫實力量，希望向所有關心文學的人宣告。社團在創作方面的展演，也回歸到如「細流」一般，推出靜態詩展「沒有這個展」，於圖書館展出詩與平面、立體藝術作品結合的展出。這段在朗誦之後多端的摸索與重新定位，我便將之稱為「後朗誦時期」。

在第37～45屆之間，「詩的N度空間」也復辦起，每屆都開發不同主題尋找自己的風格，嘗試過戲劇、音樂、電影等等，其中最多的是和戲劇的結合。而刊物在後來的第35～38屆時，也轉而思索外在形式的創意呈現，分別以便當盒、CD、航空郵件、「小水滴的歷險」故事等，設計詩刊的展演形式。第41～43屆時，《流體》停刊，改至文學院創設《海岸線》詩刊，既是為了推廣文學，也是為了謀求更多的共鳴。同時，朗誦組也於第43屆時正式廢除。

過兩年後，《流體》又復刊了三年，並加入主題，分別以「時與詩」、「凝望」、「時光的書櫃」集體呈現。但第48、49屆隨即以報紙的方式呈現，改為《詩生活》，試圖重新連結詩與生活，消弭詩和日常的距離。

小結

總的來說，噴泉詩社的刊物表現，與其他詩社一樣受到經費拮据的限制，但同時可以看出詩社不斷在替刊物尋找定位。最早的《噴泉》詩刊由社員藍影操刀設計，美術風格鮮明；後來接續的《流體》，經歷幾度復刊的曲折，一直在裝幀上求新求變；以及短暫取代它的《海岸線》，轉型做文學的普及教育；最後回歸到詩社本身表現，走向報刊式的《詩生活》。

而今年適逢50周年，除了文訊專號以外，《詩生活》也改成籌備50周年社慶專刊。與過往師長對照之下，更顯出獨特的語言和情感。成員師大以外，亦有來自台科大、世新的成員。大量吸收了動漫元素以及「晚安詩」等通常被視為非的養分，以個人語言呈現自己的生活。此階段的評價，就要留給後來者論斷了。

國家圖書館出版品預行編目（CIP）資料

原泉滾滾 : 臺師大噴泉詩社 50 周年詩選 / 康書恩 ,
曾映泰主編 . -- 初版 . -- 新北市 : 斑馬線 , 2017.10
面； 公分

ISBN 978-986-95501-2-3（平裝）

831.86 106017826

原泉滾滾：臺師大噴泉詩社 50 周年詩選

主　　編：康書恩、曾映泰
策　　畫：顧蕙倩、許碧華
作　　者：臺師大噴泉詩社
校　　對：康書恩、曾映泰
封面設計：MAX

發 行 人：洪錫麟
社　　長：張仰賢
總　　監：林群盛
製　　作：臺師大噴泉詩社
出 版 者：斑馬線文庫有限公司
法律顧問：林仟雯律師

總 經 銷：楨德圖書事業有限公司
地　　址：新北市新店區寶興路 45 巷 6 弄 7 號 5 樓
電　　話：02-8919-3369
傳　　真：02-8914-5524

製版印刷：龍虎電腦排版股份有限公司
出版日期：2017 年 10 月
I S B N：978-986-95501-2-3
定　　價：320 元